共和国故事

钢铁丰碑

——武汉钢铁基地设计施工与建设

张学亮 编写

吉林出版集团股份有限公司

图书在版编目（CIP）数据

钢铁丰碑：武汉钢铁基地设计施工与建设/张学亮编. —长春：吉林出版集团股份有限公司，2009.12

（共和国故事）

ISBN 978-7-5463-1868-4

Ⅰ．①钢… Ⅱ．①张… Ⅲ．①纪实文学－中国－当代 Ⅳ．①I25

中国版本图书馆 CIP 数据核字（2009）第 237689 号

钢铁丰碑——武汉钢铁基地设计施工与建设

GANGTIE FENGBEI　WUHAN GANGTIE JIDI SHEJI SHIGONG YU JIANSHE

编写	张学亮		
责任编辑	祖航　林丽		
出版发行	吉林出版集团股份有限公司		
印刷	三河市嵩川印刷有限公司		
版次	2010 年 1 月第 1 版		2022 年 1 月第 9 次印刷
开本	710mm×1000mm　1/16		印张 8　字数 69 千
书号	ISBN 978-7-5463-1868-4		定价 29.80 元
社址	吉林省长春市福祉大路 5788 号		
电话	0431－81629968		
电子邮箱	tuzi8818@126.com		

版权所有　翻印必究

如有印装质量问题，请寄本社退换

前　言

　　自 1949 年 10 月 1 日中华人民共和国成立至今,新中国已走过了 60 年的风雨历程。历史是一面镜子,我们可以从多视角、多侧面对其进行解读。然而有一点是可以肯定的,那就是,半个多世纪以来,在中国共产党的领导下,中国的政治、经济、军事、外交、文化、教育、科技、社会、民生等领域,都发生了深刻的变化,中国人民站起来了,中华民族已屹立于世界民族之林。

　　60 年是短暂的,但这 60 年带给中国的却是极不平凡的。60 年的神州大地经历了沧桑巨变。从开国大典到 60 年国庆盛典,从经济战线上的三大战役到经济总量居世界第三位,从对农业、手工业、资本主义工商业的三大改造到社会主义市场经济体制的基本确立,从宜将剩勇追穷寇到建立了强大的国防军,从废除一切不平等条约到独立自主的和平外交政策,从"双百"方针到体制改革后的文化事业欣欣向荣,从扫除文盲到实施科教兴国战略建设新型国家,从翻身解放到实现小康社会,凡此种种,中国人民在每个领域无不留下发展的足迹,写就不朽的诗篇。

　　60 年的时间在历史的长河中可谓沧海一粟。其间究竟发生了些什么,怎样发生的,过程怎样,结果如何,却非人人都清楚知道的。对此,亲身经历者或可鲜活如昨,但对后来者来说却可能只是一个概念,对某段历史的记忆影像或不存在,或是模糊的。基于此,为了让年轻人,特别是青少年永远铭记共和国这段不朽的历史,我们推出了这套《共和国故事》。

《共和国故事》虽为故事,但却与戏说无关,我们不过是想借助通俗、富于感染力的文字记录这段历史。在丛书的谋篇布局上,我们尽量选取各个时代具有代表性或深具普遍意义的若干事件加以叙述,使其能反映共和国发展的全景和脉络。为了使题目的设置不至于因大而空,我们着眼于每一重大历史事件的缘起、过程、结局、时间、地点、人物等,抓住点滴和些许小事,力求通透。

历史是复杂的,事态的发展因素也是多方面的。由于叙述者的视角、文化构成不同,对事件的认知或有不足,但这不会影响我们对整个历史事件的判断和思考,至于它能否清晰地表达出我们编辑这套书的本意,那只能交给读者去评判了。

这套丛书可谓是一部书写红色记忆的读物,它对于了解共和国的历史、中国共产党的英明领导和中国人民的伟大实践都是不可或缺的。同时,这套丛书又是一套普及性读物,既针对重点阅读人群,也适宜在全民中推广。相信它必将在我国开展的全民阅读活动中发挥大的作用,成为装备中小学图书馆、农家书屋、社区书屋、机关及企事业单位职工图书室、连队图书室等的重点选择对象。

编 者
2010 年 1 月

目录

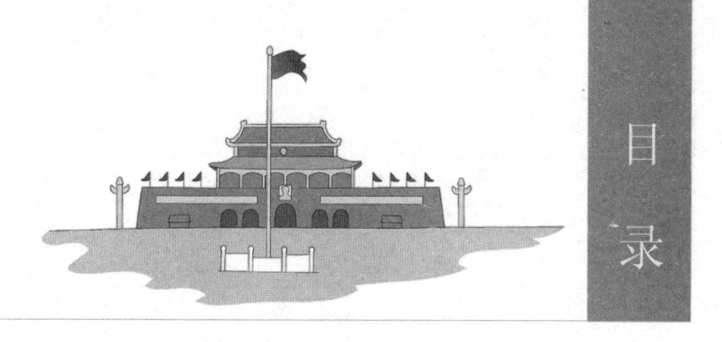

一、决策与规划

中央决定兴建武钢基地/002

毛泽东看一号高炉出铁/005

毛泽东视察大冶铁山/011

二、勘测与设计

钻探队铁山辛苦探矿/020

初勘铁山旧矿厂/025

苏联专家勘察铁石山/030

为勘察冒雪修公路/034

苏联专家铜鼓地跑尺/045

完成青山矿山勘测图/049

三、施工与建设

配合结构制作厂征购土地/056

刻苦掌握震动器技术/063

风雪夜建设武钢热电厂/070

水泵站围图下沉成功/077

鼓架山采石场紧张施工/084

建设武钢牵引变电工程/091

目录

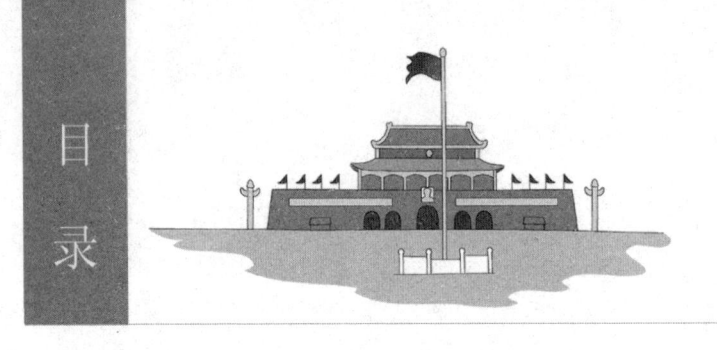

四、建成与投产

省委书记来到焦炉工地/100

武钢一号高炉砌砖竣工/105

武钢焦化厂一号炉出铁/115

一、决策与规划

- 新中国成立后,恢复了被战争破坏的鞍钢,同时决定兴建一座新的钢铁工业基地。

- 毛泽东说:"你们这样的企业,应该办点化学工业,办点机械工业……各种工业都办点,办成综合性联合企业。"

- 毛泽东连声称道:"搞基本建设还是采用大包干的办法好,这样可以大大降低建设成本。"

中央决定兴建武钢基地

1949年12月底,毛泽东在出访苏联期间,双方商定:苏联帮助中国在南部兴建一个新的钢铁基地。

新中国成立后,恢复了被战争破坏的鞍钢,同时决定兴建一座新的钢铁工业基地。

当时我国南部没有一个钢铁企业,新建一个,可就近解决中南、西南、华东等广大地区的钢铁供应问题。

1950年10月,中央重工业部经与苏联专家共同考察得出结论,湖北大冶处于国家中心地区,有长江水运之便,本地又有铁矿石、石灰石及白云石等材料,周边的江西、安徽、河南还有大量煤炭,均可就近取材。

另外,从经济上、国防上考虑,把钢厂建在大冶也是一个比较恰当的地点。

上述建议呈报毛泽东后,毛泽东表示同意。

1952年,苏联专家二度考察后又提出,大冶土质不好,厂区太小,无法满足年产250万吨钢铁的需要,建议再选几个厂址进行比较。

武钢厂址具体定在哪里呢?这个选择又花了两年时间。人们走遍湖北省内的长江两岸,还跑到湖南长沙、岳阳等地,资料汇集了700多本,重达1吨多。

1954年2月,苏联黑色冶金工厂设计院列宁格勒分院院长别良其可夫,率总工程师一行来武汉,对中国人提交的徐家棚、贺胜桥、汀泗桥等6个候选厂址,都不满意。

当年3月的一天上午,别良其可夫带领选址组,爬到一座石山顶上,展望青山荒野,认定此处是最佳的建厂之地,他认为这里水源、交通、地质、地形等都非常有利。

这里是武汉的青山区,中央原打算将这里留给第一机械工业部,兴建二汽及锅炉厂、重型机床厂,现在被苏联专家相中,二汽让出厂址。

1954年5月12日,国家正式确定厂址选在青山区。根据苏联专家建议,新厂被命名为武汉钢铁公司。

1955年,苏联送来92卷的设计方案,一期工程规模年产钢120万至150万吨,预计可能达到的规模300万吨。

这个设计方案经毛泽东主席亲自审阅同意,周恩来写下:

特急批发!

青山区的蒋家墩,当地人叫"荒五里",有一片横直约2.5公里的洼地,常年积水,杂草丛生,全区人口集中在青山镇,不足万人。

1954年年底,建设者从四面八方赶来,一排排新厂房、红色三层砖房拔地而起,接着出现了商店、菜场,还有码头、公交车、电影院等。

1954年年底,建设者开始兴建武昌到青山的和平大道。这条路沿线到处都是沼泽,有的地方挖了6米深的泥巴还见不到底。

参建者许青海说:"公路二师五团上千人是从海南赶到青山的,天气很冷,士兵身上长袖套短袖,连夜长跑到汉口唐家墩割稻草,给战士铺床。"

1955年11月,长长的和平大道通车了,一车车物资源源不断地运进武钢厂区、生活区。

1952年到1957年建设期间,青山区相继集结了5万多工人和近7万职工家属,总计12万人左右,当地陆续修建116个大、小商店,31个蔬菜及食品、水产市场,开辟3条公交线路。

武钢建设得到了全国人民的支援,1957年前,各地调来的干部、工人,来自10多个省,几乎囊括东北三省炼钢炼铁的能手。全国18个省、45个城市、1000多个厂矿企业,为武钢制造了各种机器设备。

交通部曾指示,任何情况下,武钢运煤车辆随到随开。

时任解放军总参谋长的粟裕下令,派遣13架军用飞机空运建设物资。

毛泽东看一号高炉出铁

1958年9月13日,毛泽东乘船到武钢视察。

毛泽东看到,武钢当时的办公地点,都是一排排简易低矮的平房。他在平房里坐下来,满怀兴致地看着墙上挂着的厂区总平面图,听取了武钢领导人的汇报。

武钢一号高炉,原定在1958年10月1日开炉出铁,迎接共和国第九个国庆节,由于武钢全体人员的努力、全国人民的支援和苏联专家的无私帮助,9月13日就可以开炉投入生产。

9月12日,高炉全体职工都紧张、快乐地为第二天的出铁做着各种准备工作。

许多苏联专家和炼铁厂的技术人员,在炉前炉后,进行生产前的总检查。

铁矿石、石灰石和焦炭,都已经准备往料车坑里运送。

出铁场上的铁沟,已经打扫得干干净净,等候着铁水的奔流。

巨大的铁水罐,也已经停放在铁沟的流嘴下面,张着宽阔的嘴巴,等候着吞饮第一股铁水。

准备开炉点火用的引火柴,1400多条火车废枕木,正堆积在炉前,准备装进炉内。

炉前工们都集合在炉前,准备着往炉内运送这一堆堆枕木,这是开炉的第一仗。

他们由于忙着安装、运送等工作,都已经几天几夜没有睡觉了,眼睛里也出现了一道道的血丝,有的人嘴唇干裂了,嗓音也嘶哑了。

可是,大家谁也没有理会这些,都焦急地等待着装运枕木的命令。

高炉车间主任李凤恩几次对炉前工说:"同志们,先去休息休息吧,时间还早着呢。"

大家都摇摇头,笑着说:"不累,要出了铁才去睡啊!"

李凤恩心里很明白:大家的希望就是快快出铁。炼铁厂这次建厂的特点也是"快"。今晚你看到工地上还有一堆设备材料,明天早晨可能就看不到了,工人们连夜已经把它们安装好了。

现在,一号高炉马上就要架柴点火了,要出第一炉铁了,这是一件惊动世界的大事。

李凤恩再看看老包和老徐这两个他的老战友,从一开始安装,他们三人就在一起工作。现在他们两个人眼睛里都布满了血丝。

李凤恩几次三番地要老包和老徐去休息,他们非但不听,反而还要李凤恩去休息,大家只好一块在这里顶着。

这时,老包和老徐对李凤恩说:"装枕木吧,老李。"

看着这两个老小伙子性急的样子,李凤恩只好告诉他们说:"因为炉顶上的大小钟还没有调整好,得等一些时候。"

老包这个老炉前工的脸被炉火熏得黑黑的，再加上一脸的油垢，鼻子和嘴巴几乎都看不清楚，只看见一双黑眼珠在那里转动。

老徐身材高大，干活就像老虎一样，哪里工作最紧张，他就在哪里出现。

23时30分，副厂长周传典下达了命令：开始装枕木。

炉前老工人们带着青年工人们，从高炉的风管口和出铁口很费劲地爬进了炉内。

炉里的烘炉余温在50度以上，一进去，大家立刻感到呼吸困难，头脑昏晕，汗如雨下。

6个进入炉内的老工人，各自带着一个青年工人，在三号、十一号风管口和铁碴口，把枕木一根一根地向炉内递送。

大家搬的搬，递的递，架的架，有些人的衣服被汗水湿透了，就干脆脱下衣服，光着膀子干。为了照顾一些年老工人的体力情况，青年人叫他们不要搬得太多，但是，老工人却越搬越起劲。

由于旧枕木上有许多钉子，许多人的身上、手上、脚上都被划破了，护士要给大家上药包扎，大家都不愿意，都不想耽误手中的活儿。

时间就是铁，为了在13日按时出铁，厂党委根据群众的意见，决定要在4小时内把枕木装好。

李凤恩原是鞍钢的工人,根据在鞍钢的经验,架引火柴,起码需要8小时到12小时。但是大家都表示:"4小时装好枕木没问题。"

李凤恩对着风管向炉内喊了一声:"同志们,4小时完成架柴,大家有没有信心?"

炉里的人齐声响亮地回答:"有信心!"

李凤恩从架柴一开始,就和大家一起劳动,大家越干越欢。平时一大根枕木,需要两个人才抬得动,现在一个人搬起来还走得很轻松。

老工人朱明水站在高处,挥动着手臂对大家说:"同志们!鼓足干劲,提前完成任务,向毛主席汇报成绩,让铁水快点出来!"

炉内的枕木越架越高,大家的衣服都湿透了,汗水还在不断地向外流,可谁也顾不上去擦一把。

李凤恩不小心,手指被枕木上的钉子划破,指甲都被刮掉了,鲜血直流。大家看见了,都让李凤恩去休息,但是李凤恩却一点也没感到痛,他觉得这是小事情,现在炉外炉内正需要人,轻伤决不能下火线。等一包扎好,李凤恩把一瓶一瓶的汽水递给炉里的人,他们拿到大瓶的汽水一饮而尽,马上又投入了紧张的劳动中。

架完最后一根枕木,已经是13日3时了。1000多根枕木,只用了三个半小时。

这天清早,大家都兴奋地说:"咱们高炉第一次出铁,中央首长会不会来?"

还有人说:"如果毛主席能来该多好啊!"

中午12时,厂党委吕书记召集了一次会议,他说:"今天我们第一次出铁,毛主席要来。"

李凤恩一听毛泽东要来,感到十分兴奋,精神不由得一振,他听着吕书记又说:"我们今天一定要做到安全生产,叫毛主席愉快地看见出铁,每个人都不能离开岗位。"

吕书记回过头来又对李凤恩说:"等毛主席上来后,我和你一道去见毛主席。"

李凤恩第一次见到毛泽东是在1952年,第二次是在1956年参加全国先进工作者大会的时候,这一次又能够见到领袖,心里真有说不出来的高兴。

听完吕书记的讲话后,李凤恩回到炉前,对所有设备、工具和交通设施都进行了一次检查。检查完了以后,李凤恩召集炉前的工人们开会。

他说:"同志们,咱们参加建设武钢的工作真是光荣,今天,我们伟大的领袖毛主席要来了!"

大家都不约而同地惊喜地问道:"真的吗?"

李凤恩说:"是真的,大伙想想,用什么来迎接毛主席?"

大家都说开了:"毛主席一到,一定马上让他老人家看见铁水流出来!

"一定叫铁水流得多,流得快,让毛主席看见快快乐乐的。"

9月13日14时59分，毛泽东站在出铁台前，还特意给炉台工地主任韩喜递上一根中华香烟，然后自己点上烟，一边听苏联专家介绍，一边望着出铁口。

在高炉下面，毛泽东关心地问："什么时候可以出铁呀？是不是有把握？"

当听说有99％的把握，但也可能有预计不到的万一时，毛泽东斩钉截铁地说：

今天看不到，我明天来，明天看不到，我以后还来。总而言之。我三顾茅庐也要看到你们出铁。

没过多久，人们一声惊呼："快出铁了！"

毛泽东站起来，15时25分，铁水从炉内冲出来，李凤恩跳起来报喜："毛主席，铁水流出来了！"

毛泽东鼓掌祝贺，向在场工人高举双臂，高喊："同志们好！"全场欢声雷动。

很多人都激动地流下了眼泪。

当毛泽东了解到炼焦能够回收大批化学产品的情况后，一再对武钢的领导说："你们也可以回收，应该多搞些。你们这样的企业，应该办点化学工业，办点机械工业，办点建筑材料工业，各种工业都办点，办成综合性联合企业。"

毛泽东视察大冶铁山

1953年2月19日,毛泽东到大冶钢厂视察炼铁、炼钢、轧钢、锻钢、热处理等车间。他看到钢铁工人以主人翁的态度忘我劳动,异常高兴,满怀期望地说:"一定要在国民党留下的这个烂摊子上把工厂办大办好。"

1958年9月15日10时30分,毛泽东在湖北省委第一书记王任重、书记张平化,黄石市委第一书记杨锐等陪同下来到武钢铁山矿石基地大冶铁山视察。

下了车,铁山党委书记张品、矿长陈明江陪同毛泽东朝矿区走去,毛泽东边走边听陈明江介绍铁山的开采情况和工人生活情况。

毛泽东问:"整个的大冶铁山矿石蕴藏量是多少?"

陈明江答:"是1.1亿吨!"

毛泽东又问:"多不多?少不少?"他的意思是问实际蕴藏量是比这多还是比这少。

省委书记张平化插话介绍说:"这个1.1亿吨是近期勘探报告材料,是万米以上的情况,万米以下的情况还没查明。"

毛泽东点点头。这时,王任重递给他一块矿石,他翻来覆去地看着,掂着,问:"矿石的含铁量怎样?除铁之外,还含什么成分?你们是不是光要铁?"

陈明江说:"这里矿石的含铁量是 50% 至 60%,矿石中除铁之外,还含有铜的成分。"

毛泽东便问到选铜的问题,陈明江表示,现在正在动手建设选铜厂。

看了一段矿区后,张品、陈明江请毛泽东和省委领导去休息室。

在那里,毛泽东听取了有关矿山开采和基建情况的汇报,陈明江说:"这里是露天开采,剥离工程很大,基建费用也比地下开采要多得多。比如,地下开采,可以不修铁路,不搞电机车,也不用电铲,但地下开采没有露天开采量大。"

毛泽东问:"花了多少钱呢?"

陈明江说,基本建设原来计划的费用是 1.5 亿,经过工人们想点子,找窍门,千方百计实行节约,结果只花了 1.2 亿,省下了 3000 万。

毛泽东问:"你们是包干?"

陈明江回答是。

毛泽东连声称道:"好!包干好。搞基本建设还是采用大包干的办法好,这样可以大大降低建设成本。"

陈明江兴奋起来:"早搞大包干,省得还要多!有 1 亿就够了。"

毛泽东道:"七成也不错。"

这时,张平化开口提及铁山职工鼓足干劲、大干社会主义的情况。他说,窍门和潜力到处都是,关键是发动群众。这里的电机车设计能力是拖8个车皮，工人们打破迷信，大大发挥了机车牵引能力，前几天拖到13个，现在到了14个。工人说完全可以拖16个，是设计能力的200%。

毛泽东听了连连点头。

不知是谁传播了毛泽东在矿山的消息，许多不当班的矿工纷纷跑上山来要看看毛主席，他们有电机车司机、道路工、电铲司机、穿孔机司机……个个都满脸激动。

毛泽东走出休息室，和他们握手，问他们中间一些人的姓名和简单工作情况。

接着，毛泽东循着弯曲的山道，登上大冶铁矿露天采场尖山180水平处，察看掌子面上穿孔机、电铲、电机车、汽车、风钻的作业情景，和工人们握手问好，并仔细询问这些矿山机械的性能和每天的工作量。

他怀着极大的兴趣，久久地凝望着工地穿梭往来的繁忙景象。

远远地，青年工人殷励勉从电铲驾驶室爬上车棚，向这边手舞足蹈地喊着什么。

因为距离远，毛泽东听不清，便只好举起手，朝那边打招呼，殷励勉的情绪更激动了，几乎在车上蹦了起来。

事后，殷励勉说："毛主席向我招手了，而我向主席说的是，一表决心争取更大的成绩，二祝毛主席身体健康。"

"能够看看毛主席就是无限的幸福。"许多人都是抱着这样的想法,不顾疲劳,不顾工地可能有的危险,奔向这里。

毛泽东离开铁山前正与矿长、党委书记们握手道别时,有一位小伙子分开人墙硬挤上来,愣头愣脑地上去握住毛泽东的手,嘴里说:"毛主席,您老人家可好?"

毛泽东被他这可爱和朴素的举动惹笑了。

吃过午饭,毛泽东坐车往大冶钢厂视察。

黄石是个小城市,毛泽东对它却不陌生。1953年2月18日,他视察长江路过黄石,就专门停船上岸。

那天,船到黄石,天已黑下来,居民住宅区灯光闪烁。负责保卫工作的同志劝阻说,黄石连马路都没有,很不方便,不要上岸了。

毛泽东却不依:"我骑驴子也要看。"

毛泽东上了岸之后,马上就去了大冶钢厂。人没在招待所坐稳,毛泽东就要去厂区,说:"我要把大冶钢厂炼钢过程从头看到尾。"

毛泽东果真就从南边到北头,从炼钢、铸钢、锻造、化验室一直看到了轧钢。这一趟看得过瘾,也激发了他对钢铁事业的信心与雄心。

当黄石市委副书记高芸生问毛泽东还有什么指示时,他说:"希望你们把工厂办大办好。"

1958年,全民大炼钢铁,人们抱着美好的愿望,希望能够在很短的时间内赶英超美,只争朝夕,走在时间的前面。

毛泽东对于钢铁生产，一直予以了极大的关心。他在9月13日视察了武钢，这时与中共黄石市委第一书记杨锐同车往大冶钢厂的时候，又一次关切地问道："你看，今年1070万吨钢能不能完成？你们地方怎么样？"

1070万吨钢是这年8月17日至30日中共中央北戴河会议提出的钢铁生产指标，它比1957年增加了一倍。

杨锐表示有信心。还只能生产十几万吨，今年已跃进到50万吨。

毛泽东表示满意："这很好，跃进得很快。"他说，干什么事情都要有干劲儿。

13时，毛泽东的车开进大冶钢厂。钢厂厂长江敏、炼钢部党支书记李振江、主任王全治等赶来迎接他。

毛泽东这次参观的是新建的平炉炼钢厂。平炉的操作台离地面有五六米高，上平炉要走一条窄小的楼梯。李振江和王全治先行一步上前要扶毛泽东，被他谢绝。他在4号平炉前停住，让出乎意料见到他的工人们喜出望外。

毛泽东问："这是什么炉子？"

杨锐和厂长江敏答道："这是平炉，又叫马丁炉。"

毛泽东接着问："有多大？"

江敏回答："90吨的。"

李振江介绍说，这是三座新建起来的平炉，都是最近投入生产的。

毛泽东从炼钢老工人、平炉工段党支部书记张开先手中，接过蓝色的炼钢镜，迎着炙人的火光，走到炉前观看钢水。

看完4号平炉，又看3号平炉，再走到前不久大放"钢铁卫星"，称炉产量超过设计能力将近一倍的2号平炉前。炉旁，工人们正操作着自动加料机，进行装料工序。

毛泽东拿起炼钢镜看了一会儿，问道："现在你们一炉可以出多少钢？"

李振江答："现在可以出到150吨以上。"

炼钢的火光特别灼人，毛泽东衣衫全被汗水打湿，但他的兴致却非常好。下了2号平炉，他又朝电炉、转炉等炼钢厂房走去。他对每一个生产操作过程都问得很细。对4、5、6号电炉的生产，毛泽东赞扬道："你们建设得很快，建设得好。"

在往新建轧钢厂厂房南边走去的时候，毛泽东忽然停住了脚步："怎么从这里走？"

原来，1953年2月18日晚，毛泽东到大冶钢厂参观时，去轧钢厂是朝东走的，他记得很清楚，不是现在这样朝南走。

大家告诉毛泽东，他今天要去看的已经不是1953年的旧小轧钢车间，而是后来新建的轧钢厂。

毛泽东听了，很是高兴，感慨地说："你们的变化很大啊！"

大家提起他 1953 年说的要把工厂办大办好的指示，毛泽东笑了："你们还记得我的话呀！"神情十分满足。

1953 年时，大冶钢厂是一个刚恢复生产不久的厂子，规模小，设备旧，生产水平低，一年的钢产量不过四五万吨。现在，大型的炼钢和轧钢车间都已建成，钢的年产量已达 50 万吨。

在新建的轧钢厂，毛泽东特别注意地看了国产轧机，一路上还仔细询问了厂里的情况，他说了自己的意见和体会：政治挂了帅，什么都好办了。

毛泽东原来是由王任重陪同走在前、张平化陪张治中在后面走着的，结果，其他人统统被挤到了后面，毛泽东成了人潮的旋涡中心。

秩序一乱，王任重有些生气，说："应该要他们党、团、工会好好地开会检讨一下。"

张治中宽解说："这也难怪，工人们的狂热情绪是没法阻挡的，厂方事先也没料到会有这样的情况。"

王任重还是有意见："热情当然是好的，但总要有秩序。"

两人全力挤到毛泽东跟前。见毛泽东身在此中，虽然早已汗流浃背，但丝毫未改欢欣从容的态度。两次来到大冶钢厂，他都感受了一种火热的激情。

下午，毛泽东乘车到中共黄石市委驻地，和市委机关的职工们见面并合影留念。

黄石视察结束，毛泽东在沈家营码头上船。突然，一场暴雨降临，狂风劲吹。

眺望波浪汹涌、奔涌咆哮的长江，毛泽东来了兴致："你们会不会游泳？敢不敢在长江里游呀？"

毛泽东走下舷梯，率先跃入浪中，从沈家营码头一直游到上窑上船。风浪中，毛泽东体会着勇往直前的英雄豪情。

17时30分，毛泽东举起手，向黄石告别。

二、勘测与设计

- 唐宝林一边拆，一边对着图样看，这样很快就熟悉了机器的性能，掌握了机器。

- 老李说："同志们，时间紧迫，我们今天的任务，必须在今天完成，国外设计就等待我们的资料……"

- 黄永生说："困难怕个啥呀，共产党员做事就是不怕困难，越困难就越要创造奇迹！"

钻探队铁山辛苦探矿

1952年5月,铁山上的许多红旗下矗立起一些数丈高的三角形棚子,无数粗大的黑色水管从山沟河湖中,越过丛山爬进棚子里。电线杆子在铁山上排成了队,蜘蛛网似的电线把各个山头连到了一起。到处是隆隆的机器声。

铁山是我国著名的矿区,自东而西,有尖林山、野鸡坪、大石门、狮子山、老鼠尾、象鼻山等10多个山峰。铁山山势犬牙交错,险峻美丽,铁藏丰富,矿质优良。

在铁山一带,流传着一个美丽的神话:

在很久很久以前,谁也记不清是哪一年,更记不清是哪一个月,只知道那时"八仙"还没有成仙。

一天,铁拐李云游到铁山一带,见到铁山奇峰峻岭,霞光万道,美丽可爱,宝器遍山。他便在这个山上住下了,在山上拣些铁矿自己冶炼。

经过多年的冶炼,终于炼成了一支漂亮的铁拐杖。这支拐杖能消百灾,能使航船的风调,能使种田的雨顺,能为人民造福。

因此,铁拐李就成了仙,当地人民为了纪念他,把铁拐李住的地方起名叫"得道湾"。

多年来,"得道湾"虽然是个不过 30 户的小村庄,但铁山一带的人们,却一代一代地把这个神话讲给自己的下一代。

在矿山背后,是横贯我国的长江,滚滚的江水上,白帆和轻烟连着山巅的白云,把整个大地绘成了一幅美丽的图画。

1949 年夏天,铁山山峰上飘起了红旗。

到 1952 年,铁山满山遍野都牵起了电灯,成千上万的人操纵着现代化的机械、仪器,奔波在每个山巅,日夜不停地工作着。整个铁山变成了一座巨大的工厂。

中央人民政府地质部四二九勘探队就住在山顶那些新搭建的棚子里。

他们操纵着最新式的苏联钻探机,运用现代最精确的电动天平、偏心显微镜、磁秤、光电比色计等仪器,进行钻探、物理探矿、地质、测绘、野外化验等各种工作。这里还有专为钻探机服务的修理工厂。

铁山虽然被国民党、日本帝国主义统治了几十年,其他国家的专家们也进行了多次调查,但是,他们只是为了盗矿,并没有进行认真的调查。因此,他们所调查的资料大都没有价值。

在过去的几十年里,他们一共打了几个钻孔,所有的记载都不能说明问题。

四二九队的地质人员翻遍了过去的地形图,那上面甚至连山头的方位都标识得不对,四二九队的工作必须从头重新做起。

在这种情况下,中央地质部给四二九队的任务非常艰巨,要他们在一年左右的时间内,用最科学的方法,把属于他们队的1000多平方公里内的矿区勘探出来,并精确地算出矿量。

但在当时,四二九队的人有80%以上都不懂技术。

铁山道路崎岖难走,气候也变化无常。夏天太阳直射到大地上,室外温度高得吓人。而且常常五分钟前还是晴天,一会儿可能就是滂沱大雨。冬天则冷风刺骨,使人伸不出手来。

要胜利完成中央地质部交给的任务,四二九队面临着严峻的考验。

但是,四二九队勇敢地接受了这个考验。地质工作人员们背着沉重的仪器,冒着酷暑严寒,整天奔波在每个山峰之间。

测绘工作人员每天以10多公里的速度测绘着地形,有时在山里找不到住户,他们就临时找个破庙休息,第二天继续工作。

日军侵华时,在铁山挖掘了很多纵深达数百米的矿洞,洞里的空气都混浊不堪,但地质工作人员们一进去工作就是8小时,上级曾经规定他们下矿工作两小时就可以休息,但没有一个人这样做过。

四二九队的人们常常兴奋地谈起他们队里的周维屏、董新菊、王光天三个姑娘,她们都是刚从大学毕业的,也和男队员一样，爬山越岭，露宿风餐，和工人们泥里水里干，但从没说过一个"累"字。

工人们把每架三四吨重的钻探机，用肩膀扛着，从平地搬到了山上，又从这山搬到了那山。

一天，某号钻机工作完毕，要把机器搬到3公里外的另一个山头时，忽然下起大雨来，要去的那条险陡的山路非常滑，空手走路都很困难，上级让他们雨后再搬。

工人廖学明把裤腿一挽，扛起一根3米长的套管说："铁我们都钻得透，怕这点雨干什么。"

接着，所有的人都动起来了，他们就这样冒雨提前两天完成了装机任务。

二十七号钻机班长唐宝林刚来四二九队的时候，大字认不了几个，见到钻机，光听到嗡嗡响，却不知道叫什么。

老工人指着机器告诉唐宝林："不能靠近机器皮带，那有被卷在机器上的危险；不能到柴油机附近走，那有滑倒跌在机器上的危险……"那时唐宝林觉得，机房里到处都有危险。

但唐宝林是个好学的人，别人操作时，他总是认真学习，有时别人下了班，他还是盯着看。

工作了一天，唐宝林晚上还要学到半夜才睡。过了几天，唐宝林发现，只要肯用心，机器也不像说的那样难沾边。

于是，唐宝林不仅要看它，而且还学着拆卸它。他一边拆，一边对着图样看，这样很快就熟悉了机器的性能，掌握了机器。同时，唐宝林还很快地学会了根据机器的响声，来事先防止发生事故。

1951年12月，唐宝林被提拔当了班长。自从他当上班长，钻机班从没有发生过事故。

唐宝林发现，四二九队原来的几部美国长年式钻机就像一只小老鼠，光会吃东西不会干活。它必须用高价的金刚砂钻头才能工作，而且常出事故，进度又不快，钻六到七度硬的闪长岩，一天只能打20厘米。

而他们选用苏联式钻机后，操作方便，进度又快，钻六至七度硬的闪长岩一天能打1米多。

喜讯一个接一个地传来。

1952年年底，四二九队超额完成国家计划的6%。1953年是国家五年计划的第一年，四二九队又以新的战斗姿态朝着这个具有历史意义的年头迈进。

1953年4月3日，这个新的战斗打响了第一炮，尖林山上的第二十八号钻机找到了新矿体。

初勘铁山旧矿厂

1953年11月，大雨一连好几天哗哗地下个不停，通往铁山的小路上，一片泥泞。人走着稍不小心，就有滑倒滚下山去的危险。

勘测队一行10人，他们肩背磁卡测绘用的各种仪器，就在这泥泞的山路上，艰难地行进着。

大家来到这个山上的任务，就是收集并测绘现有的厂房以及机器和构筑物的资料，准备设计时参考，并打算加以利用。

雨水湿透了大家的衣服，水滴顺着裤脚一直流进胶靴里，走起路来"咕咕"直响。一个多小时后，大家才爬到了山顶。当他们四处进行观测的时候，展现在他们面前的是一幅荒凉的景象：

厂房里满是灰尘和蜘蛛网，大门关得死死的，高大的机架年久失修，长满了褐色的铁锈，厂房周围看不到一个人，四周显得异常寂静。

这时，一个负责看管这个地方的老工人走出来，他把大家引到一座空气压缩机的厂房里。

大家围着老工人，详细地询问这个矿厂的情况。

老人说："这座矿山还是在清朝光绪年间，由张之洞主持兴建的，据说浪费了很多银子。后来，张之洞没搞成，就转让给当时的大商人盛宣怀接办。

"1912年，盛宣怀又将这个矿转卖给日本人。名义上还是由中国人办，但实际权力完全掌握在日本人手里。

"从此，这里成了日本人剥削中国人民的重要阵地。日本人为了满足他们在军事上侵略中国的需要，曾一度把它加以扩展，用枪械、刺刀强迫工人们为他们制造杀人武器。"

老工人接着说："他们只顾掠夺和压榨工人，从来不顾工人的死活。工人们经常被日本强盗打得遍体鳞伤，血肉模糊。很多工人被他们折磨得死去活来，甚至丢掉了生命。"

老工人指着那个庞大的空气压缩机恨恨地说："你们看，那里还刻着昭和某某年制呢，还有那座平顶四方的办公楼房，这都是日本人留下的痕迹。"

老工人喝了一口水，接着说："1945年日本投降了，那时候有些工人对国民党的真相还看不清楚，以为日本败了，咱们工人的日子总会好起来的。"

老工人说到这里，脸上露出愤恨的表情："但是来的国民党接收人员比日本人有过之而无不及，他们不久就宣布了工厂要'停闭'，赶走了工人，从此工人们赖以维持半饥半饱生活的饭碗也失掉了。他们饥寒交迫，流落四方。新中国成立前夕，国民党竟抢走了图纸，运走了设备，来不及运走的，他们就丧尽天良地给破坏掉了。"

大家听到这里，都屏住了呼吸，睁大眼睛，心情久久不能平静下来。

紧张地测绘工作开始了,皮尺不停地移动着,钢卷尺一会儿卷进,一会儿又拉出,人们不时地喊着:"偏左""偏右""上一点""下一点"。这些声音加上山谷的回声,显得高亢而又雄壮。

大家从厂房的一角到另一角,从机器的一边到另一边,从机器的顶端到底面,从机器的内部到外表,不停地走着,有时甚至是小跑,半天时间,他们就把室内的设备及厨房的尺寸测绘完毕了。

14时,大家吃了一些带来的干粮,就马上开始工作,这次是测量厂房的高度以及检查屋面损坏的情况,但是却找不到梯子上屋。

上山前,大家并没有考虑到要带梯子,以为这里总能找到一架梯子的,面对着这五六米高的厂房,大家都很着急,有人说:"今天的任务是没法完成了,只好等明天带了梯子来以后再继续测量了。"

领队的老李沉思了一会儿,然后站起来说:"同志们,时间紧迫,我们今天的任务,必须在今天完成,国外设计就等待我们的资料了,早一天把资料收集好,就能够早一天把武钢建好,为了争取时间,我建议搭人梯上去。"

大家也都赞同老李的建议,瘦小的小王站起来说:"我完全同意搭人梯的办法,在解放战争中,解放军就用搭人梯的办法,攻取了敌人的城堡。今天我们的环境不知比过去要优越多少倍,难道连这点困难都不能克服吗?"

小王说完,大家就开始搭人梯,共有3个人叠在一起,老李在最下面,他双手紧紧地抓着墙,吃力地承受着上面两个人的重量。

小王在另一个人的帮助下,顺利地爬上了老李的肩部,但他还必须再上到一个人的上面。他想了想,叫老李把身体紧紧地贴在墙上,好不容易才上到上面的那个人的背上。

用同样的方法,小王终于爬过了第三个人,上到了屋顶上。

刺骨的寒风把大家全都冻僵了,但是任务还没有全部完成。离厂房不远的地方,有一座深入地下的炸药库,这是大家今天要测绘的最后一个,也是最艰巨的项目。

听说,这座炸药库里面还存有炸药和雷管,十多年来,从没有人进去过。

大家整理了一下队伍,就走到了炸药库的洞口。他们向里望去,洞里黑漆漆地看不到什么,也望不到尽头,从滴答滴答的声音中,可以判断出,洞顶早就漏水了。

他们分了一下工,除了小王和老李进去以外,其余的人都留在洞外工作。

两个人刚一进洞,强烈的手电光就在这阴森的洞里失去了威力,四周的东西只能隐约可见。

他们踏在早已经腐朽的枕木上,慢慢地走着,一些腐烂的衣物发出难闻的臭味。还有水不停地滴在头上，从雨衣上滑了下来。空气使人窒息。

两人屏住呼吸，边放皮尺边前进。正往前走着，突然路上横着一堆铁箱。小王大吃一惊，他叫道："老李，你看这是什么？是不是炸药？"

老李看了一会儿才说："不要紧，你看，这些铁箱中间有空隙，可以放下脚，只要我们不碰着它，就不要紧。"

他们两人又一次小心翼翼地从铁箱的空隙中走过去，小王扶着老李的臂部，使身体在跨步时尽量能够平衡地走过障碍物。

他们又走了不久，就到了洞的尽头。

老李看了一下手表，他们整整走了30分钟，小王从书包里拿出了纸笔，又找到一处没有滴水的地方，迅速地把洞内的情况记录下来。

小王一丝不苟地画了图纸，然后他们往回返，老李走在前面，不时地对小王说："注意，有水坑……慢点，这块木头朽了。"

他们走出炸药库时，洞外的人们发出了一阵热烈的欢呼声，大家把老李和小王抬了起来。

苏联专家勘察铁石山

1954 年 3 月的一个上午，中国勘察公司的工程师随同苏联专家乘着汽车在通往青山的公路上奔驰，大家看到，路边的树木和田野都迅速地向后面闪去。

两年来，中国工程人员和苏联专家们一起，为了选中一个合适的武钢厂址，跑遍了武昌到长沙一带的广阔土地，踏勘了武昌到黄石一带的大江南北。风里来，雨里去，多少个白天黑夜，大家翻山越岭，忍受着饥饿，忘掉了疲劳，野外踏勘，室内研究资料，一直紧张地忙碌着。

这一天参加踏勘的人比以往任何时候都要多，仅苏联专家就有 20 多位，在车子上坐着的，有苏联列宁格勒设计分院院长别良其可夫，总工程师格里高里扬，运输专家德门其也夫，测量专家多莫夫，水道专家禾秋森，铁道专家哈利克夫等，还有我们的首长和中国专家们，一共有几十个人。

车子在蒋家墩停下了，专家们兴致勃勃地察看着一切，问问这，问问那，有时沉思不语，有时又用手比画着互相说着什么。

王副经理总是和专家们走在一起，介绍着一切情况。大家一边看着一边向前走，有时坐车子，有时走路，到铁铺岭察看完了以后,已经是中午了。

大家在郭家湾吃过午饭,又休息了一会儿,就顺着四垅往石山上走。石山就像一个两头尖的长面包一样,横躺在这片原野上。

王副经理在前面带路,专家们一边走一边同大家交谈,不时传来一片欢笑声。

德门其也夫一条腿在卫国战争时期被打断了,现在装着假肢也和大家一起爬山。他艰难地迈着步子,额角上冒出了一颗颗豆粒大的汗珠。

大家都劝德门其也夫休息一下,他却果断地回答:"我是搞运输的,怎么能不走路呢?"

他们登上了山顶,向青山原野四处张望,眼前是一片起伏不平的山冈,一垅一垅的庄稼,水平如镜的湖泊,分布在丛林中的村庄,远处滚滚的长江就像一条丝带一样。

大家在山顶上摊开了地形图,放上罗盘,测定了方向。别良其可夫、格里高里扬和德门其也夫首先俯下身去,看看地形图,又看看四周的原野,对照着地形地物,不断地问着:

"这是什么湖?"

"水的储量是多少?"

接着,专家们又仔细地问着湖泊的面积,同长江水的关系,地质条件,地形地貌,洪水位,地下水位和交通等情况,中国工程师都一一作了回答。

苏联专家们一面看着一面听中国工程师介绍，有时点点头，有时互相谈论几句，专家们的眼睛里渐渐露出了异样的光芒。

专家们对这个地区的一切情况显然都很满意。

这时，格里高里扬又站起来，特别亲切地问这里有没有什么古迹，有没有大村庄，人口多少，是工人还是农民？

专家们又和几位中国首长商谈了一会儿，然后对大家说："选择巨型石址所依据的条件是复杂的，除水源、交通、地质、地形等条件以外，利用旧城市也是重要的一环，这里靠近武汉，水运有长江，铁路有京汉、粤汉，可以节省运输投资，各地支援也便利。"

大家听着专家们的分析，都不住地点头，表示对专家们的考虑佩服和赞同。

专家兴奋地说："总之，我们认为，青山条件是很好的。"

大家听了，在高兴之余又向青山四周看去：西斜的阳光下，绿油油的麦苗和黄澄澄的油菜花，织成一幅美丽的地毯，微风吹过，掀起一层层彩色的波浪。远处的东湖、北湖和阳春湖中，碧绿的湖水连接着瓦蓝的天空，分不清哪是湖，哪是天。

大家再往山脚下看去，一条小河欢畅地向前流去，几只白色的鸽子在丛林中的村庄上空盘旋，山脚下一个小孩坐在水牛的背上放牧，田野是这样安静。一阵东风吹过来,送来了油菜花的芳香。

　　大家在休息的时候,德门其也夫卷起裤筒抚摸着自己的腿。人们发现,在他的肉腿和假腿相接的地方,用一块药棉隔起来了,翻译说:"这是因为走路太多,摩擦得太厉害,所以用棉花来减轻摩擦。"

　　德门其也夫一边抚摸着,一边嘴里哼着苏联歌曲,在他的脸上看不到一丝痛苦的痕迹,有的只是工作取得胜利的喜悦。

　　下山的时候,大家异常高兴,有说有笑,一天的劳累都抛得干干净净。

　　别良其可夫紧紧地握着王副经理的手,他们互相祝贺着,德门其也夫和杨处长也在兴奋地交谈着,似乎自己的腿并不痛。

　　走在旁边的路科长对大家说:"厂址一定在这儿,以后要看咱们勘察人员在这里大显身手喽。"

为勘察冒雪修公路

1955年初春,根据上级指示,为了解决武钢地质勘察中任务紧张与材料设备运输困难的矛盾,青山工地党总支部决定,要在7天之内,修一条通往工地的公路。

但武汉遇到了20多年未遇的大雪天,雪一连下了半个多月。这时,道路、田野、山丘和房屋上全都盖上了厚厚的一层,到处都白皑皑的,一眼望去,分不出它们的界限,树上、电杆上、屋檐上都倒挂着冰柱,呼呼的大北风吹来,互相撞击,哗哗地直响。整个青山工地都处在冰冻雪封之中。

一大早,担任这次筑路任务的正、副队长左督和黄永生就从工地办公室里走了出来。他们站在门口望了望天,什么话也没说,就踏着雪向东边的那几座工棚深一脚浅一脚地走去。

要在7天之内,破开冰雪,在青镇到洪吉乡沿江的冲积平原上修一条宽3米、长15公里的公路,这种天气的确是一个难题。

为了保证施工任务的顺利进行,上级还特别派来了一位公路建筑工程师。

形势是紧迫的,上级指示:为了提前建成武钢,在苏联列宁格勒冶金设计院集中了一批优秀设计员,等着我们提供资料进行设计，全国各地聚集在这里的1000多名勘察工作者，因为没有设备和材料，不能开工都异常焦急。

长江冬季枯水，别的地方大船不能靠岸，各地源源运来的机器设备都堆积在青山。现在大雪封锁，没有道路，就是空着手走路陷到雪地里也很难爬起来。如果运送笨重的机器设备，更是难于上青天。

左督和黄永生深深地懂得，武钢能不能早一天施工，能不能早一天出铁，关键的问题就看这条公路能不能早一天修成了。

而现在这个任务就落在了他们的肩上，他们都感到心里沉甸甸的。

时间只有短短的7天，沿途都是冰雪，冰雪下面是纵横交错的田埂，还有水洼、山包和沟渠。

黄永生忍不住问："老左，你说怎么办？"

左督说："老黄，我看咱们到运输组开个诸葛亮会，一定能想出更多的好办法，咱们工人当中，诸葛亮可多得很哩。"

黄永生点了点头，表示同意。

他们俩说着就走进了运输组的工棚，一大群小伙子正在谈论着筑路的事，见他们进去了，就一齐围上来，抢着问："黄队长，左队长，什么时候开始干呀？"

黄永生一看小伙子们的劲头挺足，高兴地咧开嘴直笑，他不住地摸着自己的头发，半天也说不出一句话来。

左督说:"干,很快就干,马上就干。"

大家听说"马上就干",一齐鼓掌跳了起来,有的卷袖子,有的攥拳头。吴荣先平时一开口就脸红,这时却激动地说:"左队长,黄队长,咱们现在就走吧。"

左督笑着让吴荣先坐下,然后说:"小伙子,慌什么?任务已经是咱们的了,跑也跑不了,现在我们应该好好地研究一下摆在我们面前的困难。"

曹宏滔一听左督说"困难"两个字,他马上站起来说:"工作嘛,一定会有困难,这次就是因为建设武钢有困难,我们才修路,克服了修路的困难,就能解决运输的困难,这就叫作以困难攻困难,攻破了困难,就一个胜利接一个胜利了。"

刘渭元一骨碌从床沿上跳起来说:"左队长,天大的困难也吓不倒我们。过去咱们在部队里那么艰苦也挺过来了,今天这点困难还怕它!没问题,干。"

黄永生看着刘渭元这股劲,他说:"困难怕个啥呀,共产党员做事就是不怕困难,越困难就越要创造奇迹,现在提出困难来讨论,就是为了战胜它。"

诸葛亮会就这样开始了,大家都各抒己见,小伙子们一个个挑战似的不住的发出豪言壮语,在很远的地方都能听到。

会后,左督和黄永生把研究好的计划、做法向党总支作了详细的汇报,得到了党总支的热情支持,并鼓励他们立即行动。

出门的时候，孟书记紧紧地握着他们两个人的手，严肃而亲切地说："左督同志，黄永生同志，今天你们的计划和做法，完全符合党总支决定的精神，大家的干劲很高，工作胜利完成是没有问题的。不过，我还得再强调一下，以后还得更进一步地取得当地政府和农民的支持，能不能在 7 天内完成党交给你们的任务，这是关键。"

看完了线路，左督和陈工程师一起回到了工棚休息，陈工程师 50 岁左右，戴着一副近视眼镜，一进门，他就一屁股坐在床沿上，气喘吁吁地说："哎呀！今年的雪真大呀，要不是你扶着，恐怕我早就给雪埋葬了，修这条公路确实不容易呀。"

左督说："是呀，困难是免不了的，不过，建设武钢嘛，这点困难算不了什么。"

陈工程师虽然对参加武钢建设满怀着热情，但还是问道："你们准备了多少材料？"

左督不解地问道："什么材料？"

陈工程师惊讶地说："石子呀、木材呀、沙子、水泥等，每样至少要几百立方米哩，不然……"

左督说："这些材料我们一点也没有，我们只要求很快地挖通一条公路，把机器尽快运到工地上去。"

陈工程师一听说一点材料也没有，他连忙摘下眼镜说："啊，原来是这样。那你们准备多长时间修好？"

左督回答说："一个星期之内完成。"

陈工程师猛吸了一口烟，他说："什么，一个星期？那你们准备用几台推土机？多少民工？"

左督说："现在我们只有一台推土机，有多少民工要等联系的人回来了才知道。"

正在这时，门外传来了脚步踏碎冰块的声音，他们知道是去联系民工的黄永生回来了。

左督正准备起身，门一下被打开了，黄永生全身都被雪裹满了，简直成了一个大雪人。

左督说："呵，是谁堆的雪人还会走路呢。"

黄永生揭开雪帽，露出一张通红的脸，他说："嘿，不但会走路，还会说话呢。"

左督问："怎么样，老伙计？"

黄永生习惯地用手摸着头发说："怎么样，你听我说呀！完全没问题，武昌县马县长那个人真好。我一去，把公文一递，他一看我是武钢的勘察队员，就连问我们辛苦了。等我把情况介绍之后，他就很爽快地对我说，没问题，武钢是我们的命根子，你们要多少人我们设法给解决。"

黄永生点燃了一根烟，接着说："我一说完，马县长马上就在公文上签了字，请青山区大力支援，如力量不够，可与洪山区联系。下午我到青山区委，青山区委书记刘海荣见我是武钢来的，也是热情地招待，等我把情况一说，说要5000人，并且明天就动工，他就说：'好，明天一清早赶到！'"

黄永生吸了一口烟接着说:"刘书记马上向各乡挂电话,叫各乡党支部书记马上到区里开会,临走时,他一直把我送出门,并且说:'放心吧,建设武钢我们也有一份责任。'像这样的人,可真带劲。"

左督和陈工程师听了也高兴极了,陈工程师的信心也一下子提高了,他连连点着头说:"那就明天动工吧。"

第二天早上,左督一觉醒来,发现已经5时多了,他连忙从床上跃起,就像往年在部队里一样迅速地叠好被子,到伙食团拿了两个馒头就往外跑。

左督一出门就撞见了一个农民,那个农民说:"同志,你们哪位是负责修路的?我们的人都来了。"

左督一听说"人都来了",他高兴万分,昨晚他还在担心:这么冷的天,他们会不会按时来到?想不到他们来得这样早。

左督连忙回答:"我就是负责的,你们都来了?"

那位老乡笑了一声说:"都来了,有的4点钟就来到这里呢。"

左督和老乡走上堤一看,他不禁暗叫了一声:"好家伙,来的可真不少!"

只见沿堤站满了人,有的拿着锄头,有的拿着铁锹,还有挑土箕的,提笆篓的,抬着工具的,男男女女,老老少少,怕有五六千人哪!

这时,黄永生和运输组的小伙子们也来了。

突然,山那边传来了拖拉机的声音,原来他们还从青山镇开来了拖拉机。拖拉机过后,在洁白的雪地上留下了一道道宽宽的黑印子,由青山镇一直向前延伸,越伸越远,这就是新公路的线路。

筑路开始了,几千把锄头高高地扬起,几千把铁锹在挥动,几千块冰在同一秒钟破裂,大姑娘、小伙子挑着满满的冰雪在膝盖深的雪地上来回奔逐。十三四岁的少先队员抱着冰块飞跑,白头发的老人和小伙子比赛,小脚老婆婆也夹在大姑娘的队伍中刨雪,打夯的喊着急促的号子。

人们吆喝着,欢笑着,奔跑着,追逐着,谁也不愿意落在后面,15公里的雪地上,顿时变成了一个激战的海洋。一个大姑娘一边打着夯,一边喊着嘹亮的号子:

咳——
叫声同志们哪,嗨!
大家齐用劲哪,嗨!
武钢命根子哪,嗨!
人人都有份哪,嗨!

咳——
呀呵咳,呀呵嗨呀!
人人都有份哪,嗨!

咳——

不怕天多冷哪，嗨！

不怕雪多深哪，嗨！

工农力量大哪，嗨！

公路定修成哪，嗨！

咳——

呀呵咳，呀呵嗨呀！

公路定修成呀！

……　……

急促、嘹亮的号子声，唱出了 5000 名民工的理想，号子一声紧接一声，严寒悄悄地撤退了，人们的头上渗出了汗珠。

劳动紧张地继续着。干热了，脱衣服；口渴了，抓一把雪塞进嘴里；饿了，等收了班再说。少先队员干乐了还常常打一场雪仗。

下午，太阳出来了，雪开始化了，冻土解开了，地面上一片泥泞，两边的雪堆得老高，雪水流在路上，路简直变成了一个小水沟。

有一个老乡油鞋陷脱了，他就干脆只穿着一双袜子。

小孩年龄小，挑不动，也铲不快，他们就用绳子拴住几十斤重的冰块往旁边拖。

左督和黄永生也在这些人中间，干得满身是泥。

人们就是这样劳动着，在这里，大家只有一个心愿：

修路，为武钢，口渴、疲劳、寒冷都算不了什么。

大家干得很起劲，一个战斗接着一个战斗，雪不断地被铲除，筑路大军不断地向前进。

在魏家嘴那段线路上，有一条两米宽的大沟横过公路线，两边的人都不得不停了下来，大家你一言我一语地议论着，有的说填平它，有的说不能填。

左督正在远处铲着雪，听见这边人嚷嚷着，他连忙跑了过来，一个老乡站出来说："左队长，这条沟是填不得的，因为它通着湖，路这边的一大片田都靠它灌溉，再说，沟填平了，这边的水也排不出来，一下大雨，连公路也要淹没。"

左督说："老大爷，既然是这样，你就放心吧，你们的利益也是我们的利益，修桥，准备修桥。"

有人说："修桥是可以，但哪来这么多石头呢？"

左督一听也很着急，木料用钻机上的方木就行，但石头到哪里去找呢？

正在这时，左督的房东，一位姓高的中年农民马上走出来说："左队长，不要着急，没有石头，我家门口的石阶可以用，现在就派人去抬吧。"

不等左督回答，老高背着锄头就往家里跑。

这时大家也纷纷嚷了起来："我家门口有两块大的。""我家门口的石头完全可以不要，也抬来。""我伯伯家门口的也可以抬来！"……

半小时后，老高和另外一个农民，首先抬着一块大青石来了。接着，石块从四面八方不断地被抬来，修好一座桥是绰绰有余的。

左督感激地对大家说："农民兄弟们，感谢大家帮助我们解决了困难。"

一个青年小伙子连忙说："左队长，你怎么把我们当成外人了？工人农民是一家人，建设武钢也有我们农民的份，你们每天辛辛苦苦，我们出一点石头算什么？"

架桥开始了，石头滚下去老是摆不正，刘渭元一看，连忙跳下了水沟，接着余锦元、李兼善等人也跳下了水沟。

刘渭元在齐膝深的冷水里搬着一块大石头，手冻木了，翻一下滑了，再翻一下，又滑了。泥浆和水溅了他一身。

看到这种情况，四五个青年农民连鞋袜都顾不得脱就一齐跳下去帮忙。泥水在他们身上结成了冰，他们都顾不得，仍然紧张而愉快地劳动着。

经过三小时的水下激烈战斗，一座 3 米长的木桥终于落成了。青年曹宏滔跑上去用力地蹬了几下，可是桥连晃也不晃一下。

已经到了第三天的下午了，眼看着一条平坦的马路就要修成了，大家的热情比什么时候都高，每个人都在想着一件最快乐的事：7 天的任务 3 天完成，干，一定要让公路今天通车。

公路在向两旁扩展，也在向前伸展。高坡让到了一边，水坑填平了，小河沟上也搭起了一座座坚实的木桥。路面的土填了一层又一层，夯了一遍又一遍。

太阳快要下山的时候，公路只剩下最后一段了，很快就可以完成了。左督和黄永生等10多人开始进行全面检查，5000名民工都站在路旁，他们每个人的脸上都流露出抑制不住的喜悦。

只要检查到有一处不满意，民工们马上就擂的擂，铲的铲，直到检查的人点了头，他们才放心。

陈工程师用左手扶着近视镜，带着微笑，不停地说："咳，真不简单哪，真不简单哪，群众的力量真大。"

左督和黄永生都笑了，大家也都笑了。

这时有人说："呵，汽车开过来了。"

大家都高声喊着："通车了啊！"

大家朝着青山那边望去，只见一辆装满套管和钻具的大卡车，缓缓地从灿烂的晚霞中驶来。

群众跟在车后，他们挥舞着手中的工具欢呼着："通车了！"几百人，上千人前呼后拥，欢呼声、掌声像春雷一样，从四面八方响了起来。

苏联专家铜鼓地跑尺

1954年夏天,武钢勘察公司测量小组正从铜鼓地往山下进行二千分之一的细部测量。

王天义正和另一位青年小王负责跑尺,忽然他们看到远远地从山脚下那条弯曲的公路上,向铁山开过来一部黑色的小车。

17岁的王天义是测量队的徒工,他看见这部漂亮的小车在公路上飞跑时,用好奇的眼光紧紧地跟着它,他深深地被吸引住了。

车子开到山下停了下来,随即从车子里走出了几个人,他们一下车就被人围住了。

王天义这时想起几天前领导就说过:苏联专家要到现场来。于是他就问小王:"你见过苏联专家没有?长得啥样?"

小王摇了摇头说:"我没有看见过,不知道。"

王天义想,要真是苏联专家来了,一定要好好看看,但是手上有工作,他只好安慰自己说:"算了吧,要真是苏联专家来了,反正看的机会还多着哪。"说完就往别的点子跑去了。

过了一会儿,围着车子的那一群人渐渐散开了,从车上下来的那几个人朝着王天义他们俩走来。越走越近,这时，王天义心里却紧张起来。

不一会儿，他们就走到了王天义面前，走在前面的正是王经理和一个苏联专家。

苏联专家戴着一顶草帽，中等身材，手里还拿着一根光滑的手杖，在他的笑脸上布满了皱纹。

苏联专家把王天义的手紧紧地握住了，接着他说了一句中国话："您好！"

王经理看着王天义很不自然的样子，他笑着说："这是苏联派来帮助我们建设武钢的古雪夫专家。"

专家又向其他人走去了，走到测站又和每个人亲热地握手，接着他埋头看了看图板，然后又抬头向四周望望，有时点点头，有时也摇摇头。

忽然，专家一个箭步敏捷地跳过小沟又跑到王天义旁边来了，他把手杖一丢，然后说："辛苦了，休息一下吧，把尺给我来跑跑。"接着就要过了王天义手中的尺，仔细地瞧了一下，就去跑尺了。

王天义也跟在专家的后面跑，古雪夫虽然年纪大了，可跑起尺来比年轻人还要轻松，他对尺很爱护，一只手把它侧拿着，不像王天义那样有时把尺往背上一背，有时一只手还拿着一端在地上拖。

古雪夫跑尺很快，他走两步，王天义就要走三四步，在后面几乎都快跟不上了，有时还不得不跑起来。

古雪夫总是朝直线跑，从不跑弯路，遇到高山就往上爬，遇到水就往里走，遇到茅草刺林就往里面钻，什么东西也阻挡不了他直线前进。

而且，古雪夫从不跑错点或是跑重点，他一停下来就是一个点，点不但对而且十分准确，看镜子的人都笑着连声说："好准呀！"

古雪夫跑尺不仅自己跑得好，还希望带着中国人员也跑得好，他每跑一个点之后，就一动不动地站在原地，把跑尺的技术都告诉中方人员：为什么要立这一点，有什么作用。他都讲得头头是道。

王天义听了心里很高兴。这时，古雪夫特别指出王天义立尺的姿势不好，他说："立尺只要一只手就行了，人站在尺子旁边，尺子要左右移动，这样能使看镜子的人容易看到，而且还很轻松。"

说完，古雪夫就给王天义做了几个示范动作。

王天义心里非常感激，他想："我还是第一次遇到这样好的老师呢。"

太阳已经正当头顶了，古雪夫还要往前面 500 米高的山上爬。

这座山很陡，茅草有一人多高，而且长得很密，刺又多，一不小心身上就会被划破流出血来。

当时天很热，王经理叫古雪夫不要上了，但古雪夫不顾一切地弯着腰一个劲地往上爬，爬得比谁都快。

古雪夫第一个爬上山顶，他站了一个点，然后把头上戴的草帽取下来扇了几下。

这时已经是 12 时了，王经理见古雪夫已经跑了两个小时了，也的确够累了，就叫他休息，可古雪夫还是不同意，坚持还要到其他小组去跑尺，他说："我是来帮助中国建设的，我不是来休息的，走吧，时间要紧。"

说着，古雪夫用手拉了王经理一下，接着又走到王天义身边，拍拍他的肩膀说："跑尺工作很重要，也很光荣，这是理论与实践相结合，也是脑力劳动与体力劳动相结合的工作。苏联对跑尺工作很重视，这工作不能粗枝大叶，如果点跑不好，就会严重影响测量质量，作为一个跑尺工，当跑完一站之后就一定要回到测站，看看所测的、所画的对不对，这是很重要的。"

古雪夫说完就走了。

王天义心里又感激又有些难过，他一直望着古雪夫的背影……

完成青山矿山勘测图

1954年冬天,在一个细雨蒙蒙的早晨,青山勘测任务只剩下最后一幅图了,上级把这个任务交给了刘大杜所在的勘察小组。

刘大杜这一天起得特别早,他感到很兴奋,心里想:"最后一幅图,这一仗一定要干得更漂亮,让同志们更高兴,也让专家更满意。"

刘大杜匆匆忙忙吃过早饭,便带着3个刚从高小毕业、只参加了几个月测量工作的小伙子,穿上雨衣,背着仪器,深一脚浅一脚地向着测区走去。

刘大杜一边走着一边想象着武钢将来的模样:那飞舞的钢花,奔流的铁水……想到这里,他越走越有劲,真想一步就跨到测区,但是路很滑,偏偏越急越走不快。

雨越下越大了,青年小郑说:"你就是下刀子下铁,我们也要提前完成这幅图。"

刘大杜高兴地说:"说得对!"

这时小李问:"刘师傅,你今天为什么这样高兴?"

刘大杜高兴地对小李说:"小李,武钢是我们国家的命根子,我们的任务能早一天完成,武钢就能早一天出铁,我们国家很需要钢铁,有了钢铁一切都好办了,这能不使我高兴吗?"

小李一听也高兴地说:"咳,有了钢铁,耕田就可以用拖拉机了,我们家那头黄牛也就可以告老了。"

小郑也插嘴说:"那我们回去就可以坐火车了。"

小张这时也忍不住了,他对小郑说:"你老是想坐火车,要让我说,有了钢铁要是帝国主义再发动战争就打它个稀巴烂。"

8时30分,大家就赶到了测区,紧张的最后一仗开始了。

细雨给他们的测量工作带来了很大的麻烦,尤其是跑尺的小郑和小李,他们不知摔了多少次跤,但他们跌倒了又爬起来往前跑,甚至比往日都要快。在水里跑也在山上爬,也在刺林中钻出钻进的,雨衣早就已经不起作用了,连里面的棉衣也湿漉漉的。

小郑干脆把雨衣脱掉了,这样就减少了爬山的重量。

小李一看,也把雨衣往地上一丢,拿着塔尺向左边山上跑去。

这两个青年虽然在嘴里没有提出竞赛,但在工作中谁也不肯示弱,都在拼命地干,测了一站又一站。

刘大杜问小郑和小李:"你们累不累?"

他们俩几乎同时回答道:"不累。"

刘大杜看到,两个人的身上汗水和雨水一起往下滴,头上直冒热气。

这时,天气越来越冷了,刘大杜觉得背上发寒,他看到小张的脸色这时已经变得灰白了,刘大杜就让小张休息一下。

小张却说:"休息更冷,搞完了回去再好好休息吧。"
这时,天上竟然下起雪来了。

刘大杜和小张冻得嘴都直打哆嗦,手背也冻得像柿子一样,但他们没有叫苦,因为他们早就已经习惯这样了。他们说:"下雪又有什么可怕的,我们每年都要跟雪打交道,它只能欺负怕冷的人,但我们是坚强的勘测队员,几年来,我们为武钢勘测厂址,风里来雨里去雪里行,一切都不在乎,即使一尺厚的雪都不在话下,这点雪算得了什么?"

在这样的雪里,跑尺的小郑和小李还好,刘大杜和小张是看仪器的,不能随便活动,老是站在一个地方,冻得直发抖,牙齿上下碰着"咔咔"直响。手脚也冻麻木了。

漫天飘舞的雪花,使大家的观测很困难,想回去,但任务没有完成,不回去实在有些吃不消。

这时,刘大杜忽然想起昨天队长的话:"这最后一幅图一定要完成得更出色,整个工地的同志们的眼睛都在看着你们了。"

想到这里,刘大杜又振奋起精神:干!他搬起仪器又到另一站去测,身上打湿的衣服已经开始结冰了,两只手也不能灵活地使用仪器了。

小张连笔也拿不住了,他只好不停地用嘴对着两只手哈气。

刘大杜则用拳头来调整仪器螺丝，他这时心里想："就是整个青山全部给雪盖住了，我们也要测完这幅图。"

小张这时冻得几乎难以支持了，嘴唇由红变紫了，牙齿在不停地打架。

测完一站之后，小郑跑来了，看见这种情况，他对小张说："小张，我们换换，跑尺要暖和一些，我跑得发热了，来，让我来记录。"说完，小郑就去抢小张手里的记录本子。

小张是一个性格倔强的小伙子，他平时不喜欢多说话，但对工作很负责，他宁愿自己多吃点苦也不愿意麻烦别人。

小郑来抢小张的本子，小张却不肯，他对小郑倔强地说："不要抢，别把这本子打湿了，任务完不成，我要找你负责！"

小郑没有办法，他望着刘大杜说："刘师傅，你叫小张跟我换换吧。"

刘大杜一听也有道理，就叫小张和小郑换一换，但小张却坚决不肯，他说："小郑来记录还不是一样冷？我能吃得消，可不要把小郑搞病了。"

小郑看看没有办法，就又跑尺去了。

过了一会儿，小李又来了，他也要求换小张，结果还是同样遭到了小张的拒绝。

小李就笑着对刘大杜说："刘师傅，今天回去我要给两条腿评一评。"

刘大杜问:"干什么?"

小李拍了拍两条腿说:"看一看今天跑尺到底是左腿跑得快,还是右腿跑得快!"

刘大杜一听笑了起来:"好呀!我来当评判。"这一下连小张也跟着笑了。

大家就这样测了一站又一站,时间也过得很快,15时,青山勘测的最后一仗终于胜利结束了,大家都高兴得几乎跳了起来。

小郑兴奋地把脚架举起来:"任务完成了,万岁!"

小李也笑得说不出话来。

小郑忽然提议说:"刘师傅,今天回去我们痛痛快快地喝他几杯如何?"

刘大杜说:"好呀,是应该很好地庆祝一下。"

一回到宿营地,大家都跑来祝贺他们,接过工具,然后生火,找衣服给他们4个人换。

小郑把衣服一换就出去了。

小张一直把图整理好了才去换衣服,他对刘大杜说:"刘师傅,保证是甲级品。"说完他看了看小李,小李也忙回答:"我也保证没有一个错。"

不一会儿,小郑拿了几瓶白酒,一蹦一跳地进来了:"刘师傅,来干几杯。"

大家正喝得高兴,忽然门一下被打开了,他们转过头来一看,原来是孟书记和李科长来了。孟书记来到大家面前,他一把握住刘大杜的手说:"好啊,祝贺你们完成了最后一幅图，又打了一场大胜仗！"

李科长也热情地和大家握手："辛苦了，你们今天干得不错，好好休息吧。"

这时小李拿起两碗酒，送到孟书记和李科长面前说："孟书记，李科长，你们也来干一杯。"

孟书记笑着拿起了碗说："好啊，我代表工地领导和全体同志再一次向你们祝贺，最后一幅图完成得很出色。"

李科长也高兴地说："我提议为我们整个勘测任务胜利完成干一杯。"

三、施工与建设

- 大多数人说:"为了国家工业化,盖大工厂,搬家是正确的道理,没有什么可商量的。"

- 党委提出:必须放下落后的生产工具,在可能的条件下,尽可能地使用机械……

- 李书记对全体人员激动地说:"同志们,我们胜利了,武钢江心水泵站奠基成功了!"

配合结构制作厂征购土地

1956年夏天,武钢金属结构制作厂要在肖家湾破土动工了。

肖家湾在风景优美的东湖旁,这里是一片丘陵起伏的田野,土地肥沃,谷物和经济作物出产也很丰富。

新中国成立以来,乡亲们丰衣足食,日子过得一天比一天好。

一天早晨,太阳刚升到山顶上,社员们正忙着拿工具下田。也不知是谁传来了消息,说在肖家湾要建立一个大工厂。

这个消息像一阵风传遍了社里的每一个角落,瞬息之间,全社的男女老幼都知道了这件事,年轻人高兴得跳了起来,特别是那些围着红领巾的少先队员更是高兴得不得了,他们把在学校听老师讲的建设社会主义工业化的道理,在大人面前说了一遍又一遍,生怕老年人听不懂这个大道理。

戚茂卿当时也是这里的农民,这天晚上,戚茂卿从田里回来,乡人民委员会把他叫去了,交给戚茂卿一个任务,让他协助武钢金属结构厂的人一起征购土地。

戚茂卿知道这是一项非常细致而又复杂的工作:土地的面积、等级、人口、成分、劳动力、青苗、树木、粪坑、坟墓等，都要分别进行登记处理。

戚茂卿感到有些压力，乡干部曹洪胜鼓励他说："这个工作是有困难的，特别是要迁移千百年的坟墓和离开世世代代居住的故土，有的社员思想上可能一时想不通，这就特别需要依靠党，依靠群众，正确地执行党的政策，向群众讲清道理。"

征购土地的工作展开了。

戚茂卿先来到勤劳三社，党支书和社主任都很重视这件工作，在戚茂卿还没来之前，他们已经分别做了些发动工作。当天晚上，大家把工作全面安排好，决定第二天迁坟。

迁坟过程中虽然经历了一些小插曲，但也总算解决了。大家把坟墓迁完以后，就开始动员村民们搬房子。

当时正是农忙季节，大家整天都在田里忙碌着。但是厂房施工的日期也在一天天临近，要尽快搬才行。

建厂房要占用建设村12间房屋，但直到现在还没有一点结果。

戚茂卿就和社委们商量研究，结果决定，晚上召开群众动员会，跟大家一起商量搬家的问题。

晚上，社主任叶道全向大家详细讲了搬家的事，征求大家的意见。

大多数人说："为了国家工业化，盖大工厂，搬家是正确的道理，没有什么可商量的，而且又有工厂方面的支援，搬的时候大家互相帮忙，也没有什么困难。"

散会以后，戚茂卿心里想：可能还有些人心里没有想通，要考虑一下明天怎么更深入地做动员工作。

戚茂卿低着头只顾往前走，忽然听到前面有人在说话，他抬头一看，在不远处正走着两个人。一个是经常见面的李安义，另一个光头穿一件白布褂子，好像是叶道成。

戚茂卿仔细一听，果然是叶道成，只听他正在对李安义说："我不搬，我的房子还是新的，去年整修一次费了很大的劲。而且这房子我已经住惯了，前面就是我家的田，后面也是我家的地，上下多方便。搬到哪里也没有我这里好，他们要搬就让他们搬，我反正决定是不搬的。"

李安义也附和着叶道成说："我也是不想搬，我那房子虽然说是破了一点，但住着就是舒服。俗话说：上屋搬下屋，要费三石谷。搬一次家多麻烦哪。"

第二天，戚茂卿正在和社委老李商量，叶宏玉匆忙跑来对他们说："我爱人生小孩还没几天，是不是暂时让她住在社里的旧库房里，先拆房子，我再去找地方让她搬进去住？"

戚茂卿和老李一听，觉得叶宏玉的行动很值得大家学习，就一面答应了他的请求，一面准备把他的事在大家面前宣扬。

很快，大家都在议论叶宏玉搬家的事。有人说："人家叶宏玉老婆生孩子都能搬家，我们不搬那还像话吗？"

晚上，戚茂卿找到叶宏玉，让他一同到李安义家去，因为叶宏玉和李安义是同学。

叶宏玉对李安义说："安义，我们要把眼光往大处看哪，我们农民过去穷了一辈子，现在，我们在党的领导下，分了田地和耕牛，组织了合作社，有吃的有穿的也有住的。如今国家要在这里盖工厂，还不是为了我们的生活过得更好吗？这是我们自己的事，我们不支援，又让哪个来支援呢？"

李安义低着头一声不响，过了好一会儿才说："提起党和毛主席的恩情，我怎么能忘得了呢？就说那次政府贷款，给我一下子解决了那么多困难。我是想，这老几辈子都住过的老屋子，离开它一时心里有些舍不得。"

戚茂卿这时插话说："老李呀，我们不可能老守住这破房子过生活，现在我们搬家，工厂还会帮助我们盖新房子的，等将来到了共产主义社会，我们还要住高楼大厦呢！"

他们三个人正说着话，有一个老头抽着旱烟朝他们走了过来。戚茂卿借着月色，看着他微驼的身影，听着那熟悉的咳嗽声，就辨认出那是潘老大爷。

潘老大爷平时就爱和人聊天，刚才大概是听到了他们几个的谈话声，这才走过来的。

他们三个人都让潘大爷坐下，说了一些家常话，然后就谈到了征购土地盖工厂的事情上。

戚茂卿这时想起潘大爷家还有块长得很好的红薯地

也要征购,就问他:"潘大爷,你家那块红薯地也要让出来,你舍不舍得呀?"

潘大爷笑着说:"那怎么舍不得?国家建设是大事,我那点红薯地算得了什么呢?"

潘大爷停了一下,吸了两口烟又接着说:"社主任不是对我们讲过吗,这盖厂是为了炼钢铁,有了钢铁,就能造出很多的拖拉机。唉,我老潘头过去在地主家当长工,犁耙把手掌都磨破了好多次。现在后生们都笑我年纪大了,嘿,我就不服这个老,我还要等着开拖拉机呢。"

大家都笑了起来,戚茂卿接着问:"潘大爷,你家有什么困难?有困难可要说出来呀。"

潘大爷连忙说:"没有,能有什么困难?如今这都是我们自己的事,还叫什么困难呢?"他又吸起了烟。

过了一会儿,潘大爷忽然说:"唉,想想从前,比比现在,那真是天差地别呀,国民党军队那时候在这里挖战壕,强占我们的田地,不但不给钱,还强拉我们去做苦工,稍微不如他们的意,棍棒就打在身上了。唉,他们哪管老百姓的死活啊!现在共产党和毛主席领导大家建设工业,为了盖工厂,我们让出几亩地,搬一搬房子,算得了什么呢?"

潘大爷吸了一口烟,长出了一口气,他接着说:"离开土窝,去住金窝,这是天大的好事啊!"

潘大爷越说越高兴,李安义在旁边听着,半天也没说一句话，一会儿低下头，一会儿又抬起头来看着别的地方，心里很不安。

戚茂卿一看天色不早了，就和李安义告辞，李安义忽然站起来对戚茂卿说："老戚，说搬就搬吧，不能因为我这鼻子尖上的一点小算盘误了国家大事，今晚我准备准备，明天你们分几个人来帮我拆房子。"

这时大家都高兴起来，临走的时候，戚茂卿又让李安义去动员动员叶道成，怕他思想上一时转不过弯来。

第二天一大清早，天上下着蒙蒙的细雨，大家都情绪高涨地搬家了。

他们一个个爬上屋顶，下瓦拆梁。

戚茂卿来到这里一看，屋上屋下全都是人，全村的人都动员起来了。

正在这时，叶道成戴着斗笠，急急忙忙地跑到戚茂卿面前，他问："李委员到哪里去了？"

戚茂卿顺手一指说："那不是，在房子上了。"

叶道成跑过去高声喊道："李委员，怎么不分人给我拆房子啊？"

李委员故意说："你不是说不搬的吗？现在要搬也没有人了，只好等以后再说吧。"

叶道成一见大家都在搬，就只剩他一家了，他心里急了，连忙说："李委员，哪怕少分几个人来也行，别人都在搬，我一个人怎么能等着呢？"

李委员决定明天派人去帮叶道成家拆房。

征购土地、迁坟拆屋的事终于在农民积极热情的支援下胜利完成了。

不到一个月的时间,金属结构厂就帮助农民盖起了一栋一栋的新瓦房,大家搬进了新房子,心中的高兴就不用说了。

武钢结构制作厂宽阔高大的厂房,很快就在征购的土地上兴建起来了。而村里有些社员也由农业社转到了工厂,当上了正式工人。

一座规模宏伟的现代化工厂,高大的厂房矗立在山冈上,2000多名技术工人在这里日夜辛勤地工作,为武钢生产各种金属构件。巨大的机器发出有节奏的轰响,震荡着周围宁静的田野。

刻苦掌握震动器技术

1955 年冬季的一天，青山工地正在浇灌附属企业栈桥基础，没有震动器，大家只能用手工劳作。

正在这时，吴工长迎面向大家跑来，边跑边向李师傅喊："老李，公司买的震动器到了，快叫人去领两台来用吧。"

李师傅停下手推车故意问道："震动器，干什么用啊？"

吴工长兴高采烈地向大家介绍说："怎么你们还不知道哇？哈哈，你们还想考考我啊！老李告诉你吧，我们是全国 156 项重点工程之一，国家对我们的施工和施工速度要求得都很严格，如果我们还像以前那样，只用些落后的笨重工具，那就很难达到国家的要求。"

吴工长喘了一口气接着说："所以，公司买来了震动器，这家伙可好啦！电钮一开，突突突就是一片，既快又保证质量，并且还可以大大地减轻我们的体力劳动。"

小杨听吴工长说到这里，他把手里长长的捣钎狠狠地往地下一摔便叫起来："去他的，这回可扔掉你了，一天叫你搞得腰疼膀酸。李师傅，我去领。"

小王、小冯、小曲、小刘几个人也吵着要去。

于是几个人一溜烟跑掉了，一边跑着还一边你一言我一语地嚷着:"这回可盼到了,再也不用拿着棍子捅咕了。""有了它啊,工长不是说电钮一开,就突突突一大片吗?""那才叫痛快呢。"……

刚到门口,小刘就叫着:"老马,给我领两台。"

老马问道:"你领什么啊,两台三台的?"

小刘说:"你这老家伙真能扯皮,以前领啥东西还论过台呢?当然是新来的震动器了。"

老马说:"噢,领震动器呀,你们消息还真灵通,好,等一下。"老马说着就进去拿出了两台震动器。

小杨一看就说:"我们是来领震动器的,你拿的这是什么呀?这尖不尖、圆不圆的东西是啥玩意?唉,你别跟我们开玩笑好不好?现场还有那么多人等着用呢。"

老马说:"你们不是来领震动器的吗?这就是刚刚到的震动器呀。怎么?工作这么忙,我还有工夫跟你们开玩笑哇。"

小刘说:"啊,这就是震动器?这不比捣钎还要笨吗?连一个尖都没有,又是什么一段硬的一段软的。"

小杨说:"管它呢,拿回去试试看再说。"

说着他们就皱着眉头把两台震动器抬了就走。

抬回来以后,大家一看,嘿,就你一言我一语地说开了:"这是个什么玩意?真逗死人了,吴工长还说得那么邪乎。"

李师傅从跳板那边走过来,看到这种情形,他就说:"大家先别嚷,还没试,咋知道不能用?来!试试看。"

于是大家找来了电工,接上了电源,马达发出了吼声,震动棒在混凝土里乱蹦,大家都不知道怎么办才好。

这时,吴工长赶来了,他急忙拿起了乱蹦的震动器,用手握住了震动器的软管,将震动棒插入混凝土中,开始震动起来。

吴工长问:"老李,你们组参加培训的师傅呢?"

李师傅回答说:"支援别人去了。"

于是吴工长一边震,一边大声地给大家讲解震动器的操作方法。讲完后,他喊道:"小杨,你来照我的样子把着震,实习实习。"

说来也怪,这震动器到了小杨手里,就像一匹烈马一样,不听使唤。它一会儿冲到这边,一会儿又跑到那边,把周围的混凝土都赶跑了。

不一会儿,小杨的手就被震得酸痛了,麻木了。于是就又换了一下,轮流实习。结果大家一时都驯服不了它。

吴工长刚要再详细给大家讲解一遍的时候,有人来喊他开会,工长只好离开大家,临走时又交代了一番。

人们试着,看着,都觉得这个家伙不好掌握,不如捣钎顺手、舒服。有人还提出:"这个粗家伙怎么能插到密钢筋的网里去呢?出了质量事故怎么办呢?真是见鬼了。"

人们都议论纷纷,都怀疑这个东西不能用。

年纪已经很大的赵师傅在人群外面还拿着一根长长

的捣钎在吃力地捣着混凝土，虽然这时是冬天，但汗水还是从他的头上流了出来。

赵师傅一直没有吭声，这时听到大家说震动器不能用，他就气喘吁吁地说："好好的活不干，竟想些外道，白耽误了这么多时间。你们这些年轻人啊，就是干这玩意有能耐，来真格的就瞪眼了，光听工长说，他们坐在办公室里想出点什么叫你干，你就干。什么'枕头气'呀，他会想，怎么他不来干？"

这样，大家就都认为震动器不能用，互相发了一阵牢骚，就动手将震动器搬下来了，小杨将方才摔掉的捣钎又重新拿了起来，他失望地瞅了瞅震动器，轻轻地叹了口气，就照样捣起混凝土来。

这两天，任凭吴工长怎么说，大家还是不大相信震动器能捣出质量好的混凝土来，尤其是赵师傅更是不大相信。

他们怕吴工长再来唠叨，所以这两天一上班，就把震动器带到现场，接上电源，但大家谁都不去碰它。只有小杨几个小伙子，不甘心震动器睡大觉，碰上钢筋稀的地方就用它震一会儿。

当他们碰到赵师傅那严厉的目光时，他们就在心里暗暗地说："老保守！"可是他们对震动器这玩意的性情还摸不透，又怕出了质量问题，这可不是闹着玩的，心里也有些害怕。

就这样用一会儿停一会儿，震动器并没有发挥多大的作用。

工程任务一天天地增加，而工期又一天天地缩短，但是大家的工作效率却一点也没有提高。

在这种情况下，党委提出：

> 必须放下落后的生产工具，在可能的条件下，尽可能地使用机械……必须放下捣钎改用震动器。

一天清早，吴工长就跑到他们宿舍，向大家说："今天一定要使用震动器，谁也不准带捣钎，否则我们的任务就完不成了。一会我来帮大家震。"

吴工长走后，大伙也跟着来到了工地，只有赵师傅一个人还留在宿舍里，他自言自语说："凭你一张嘴，愿说啥就说啥吧，活得我们干，出质量事故是我们小组的事，你不让使捣钎，你来干好了，我这个笨蛋就是使不好这东西。"

赵师傅一边说，一边把八九根捣钎用大衣盖起来，扛在肩上，刚出门，正好碰上小杨回来喊他。

小杨一眼看到了露在大衣外面的捣钎，他就生气地说："赵师傅，你怎么……"

赵师傅说："怎么，小伙子，出了质量事故你负责啊！别光为了先进出风头！"

人们把震动器搬上了脚手架，然而却不去开动它，

施工与建设

仍然用捣钎捣着。

这时赵师傅喊道:"哎!吴工长来了,快把闸刀推上!"

吴工长到了跟前,一眼望到赵师傅双手握着震动器,便高兴地说:"怎么?赵师傅到底搞通了,还是这家伙好使吧?"

赵师傅头也不抬,也不回答一句。

吴工长这时看到好几根捣钎,看样子是刚才用过的,他于是便大声问道:"你们又用捣钎子?噢,这是看见我来了你们才换的震动器呀。好,这回我不走了,帮着你们捣。"

在吴工长的督促与帮助下,小杨他们一直用震动器干到了下班,原来用三班做的工作只用了一班就全部完成了。

这几天来,组内的所有人都在忐忑不安地等待着拆模,拆模的日子终于来到了。

大家连做了三班,在休息时间来到工地上,看木工拆他们所打的混凝土的模板。

大家到了现场一看,党委书记、经理、工地主任等人都来了。

大家的心在急促地跳着。赵师傅最紧张了,他用双手紧紧地按着胸口,聚精会神地看着,两只大眼睛瞪得溜圆。

模板被一块一块地拆下来了,剩下的越来越少了,最后的一块模板终于拆下来了。

啊,这么好,简直和镜面一样光滑!

大家那绷紧的脸终于舒展开了。

赵师傅跑过去,看了又看,然后转过身来,握住杨书记的手,呆呆地站在那里,老半天说不出一句话来。最后才激动地说:"杨书记,你说得对,我们工人阶级就应该克服保守思想,以前我太保守了,今后一定相信机械,好好地接受新鲜事物。"

从此以后,工地上再捣固时,只听得震动器嘟嘟嘟地叫,再也看不到有人使用捣钎了。

风雪夜建设武钢热电厂

1955 年 12 月,正值冬天的一个深夜,到处一片漆黑,只有热电厂工地被照明灯照得亮堂堂的。

电厂主厂房 8 米高的"A"排混凝土柱子的浇灌模板,像一队巨人一字排开挺立在严寒的黑夜中。

纵横层叠的脚手架上端,铺着平坦的跳板,联结着每一个柱子模板的顶口。两个井式升降机矗立在脚手架的两端。

扯在脚手架上的一条红布横幅,在强烈的灯光下格外醒目,上面写着"内实外光,以优等质量交给国家"几个大字。

深夜里,呼呼的北风夹杂着越来越大的雨点不停地刮着,一场激烈的战斗正在进行。来往奔驰的汽车,把运来的混凝土倒进升降机的集料中。

机械工开动卷扬机,把一斗斗的混凝土送上 8 米以上的高空,一辆辆的手推车在高空马道上穿梭奔跑,迅速把混凝土灌进柱子模板里。

捣固手钻进狭窄的模板,用力把震动器捣进混凝土里。

工地上搅拌机的哗哗声,汽车奔驰的呜呜声,震动器的嘟嘟声,扩音器喇叭里嘹亮的歌声,夹杂着风雨的呼啸声，交织成一部豪壮的交响乐，震撼着人们的心胸。

风雨不停地向人们发出攻击，把脚手架上一排排的红色信号灯吹得摇摇晃晃。人们推起推车飞快地跑着，跑完一趟就在受料台旁的一个小棚子里躲一下雨，等装满料再冲出去。

大家急切地盼望着天气尽快好起来，可是深夜却又开始飘起了雪花，人们的衣服都覆盖了一层白色，还有些雪花落进脖子里，冰得真不好受。

雪越下越大了，渐渐模糊了人们的视线，风也像针一样刺入骨髓，工作条件越来越艰苦了。

可是人们在大雪的袭击下，鼓足了干劲，震动器握得更紧，手推车跑得更快了，一场火热的战斗打得更猛烈了。大伙儿一想起这座规模巨大的热电厂即将在自己手里建成，心里就不禁涌起一股热潮。

热电厂，这是武钢全部动力的源泉，全国人民都在期望着武钢一号高炉的诞生，而高炉却首先需要这座热电厂赋予它生命活力。

大家都表示："尽管工作条件艰苦，但也绝不能有一丝一毫的退缩，只有跑在时间的前面，才能取得胜利。"

在柱子模板里，震动器不停地叫着，混凝土工组长老高两腿分开，膝盖微微弯曲着，身子向前倾斜，这种别扭的工作姿势也是迫不得已呀。

柱子模板里面的空间很狭小，老高全身稍微动一动都得特别小心，否则衣服划破了倒是小事，脑袋碰着钢筋可就要头破血流了。

老高紧紧地握着震动器的软管，眼睛瞪得大大的，紧盯着混凝土，唯恐漏震或震动得不够。他想："我们是为自己干活啊，再困难也得保证质量。"

模板的外面虽然是寒风凛冽，但在封闭的模板里，由于老高全神贯注地紧张工作，他身上穿的一件贴身单衣，早已经被汗水湿透了。

也不知从什么时候，老高觉得脖子上冰凉冰凉的，但他也没太在意，只是一股劲儿地干着。

振捣完一层混凝土以后，老高觉得浑身一阵发冷，脚也酸得厉害，便直起了身子。他抬头一看，不由叫道："怎么，柱里也飘起了雪花来了？"

老高想了想，觉得事情不太好，得赶快想办法，否则影响操作是小事，如果因为温度太低保证不了混凝土的质量可就是大问题了。

老高从下面爬上来，脸上溅满了水泥浆，乍看起来像是长满了灰色的痣，脚上穿的长筒胶鞋有半截也都成了灰色，湿透了的内衣被风一吹，全身都冷得直打哆嗦。

正在下料的老张一看老高冷得厉害，他连忙把洞口旁边的一件用雨衣盖着的棉衣拿给老高，老高也顾不得是湿是干了，一边往身上披，一边对老张说："老张，赶快想个办法挡住雪，别让它飘进来。"

老张想了想说："最好在洞口搭一个棚子，留一面下料。"

老高说:"那不行,风太大了,搭不稳。"

这时,张经理和工长小钟走来了。

老高赶快迎上去说:"张经理,雪朝柱子模板里飘,里面温度低了会影响混凝土的质量,你看怎么办?得赶快想个办法。"

张经理说:"我也正在为这件事着急,现在一定要把这个问题解决,不然上面风雪太大,一方面影响工程质量,另外工人们也受不了。"

接着,张经理让小钟立即去找帆布,准备在脚手架北面扯起风篷来,既可以防止雪飘进模板里,又可以为工人们挡风。

过了一会儿,小钟和小赵气喘吁吁地跑来对张经理说:"张经理,找不到人来搬帆布,帆布在仓库里,是大块的。"

张经理望着雪花大片大片地向模板里飘,他突然对小赵说:"你快下去背一些草包和小竹子上来,请下料的工人帮忙,把每个下料口先遮盖一下。"他又转身对小钟说:"走,我们去把帆布扛来。"

说完,两个人就一起离开了脚手架。

张经理和小钟两人抬起帆布,就像舞龙灯一样,一前一后,深一脚浅一脚地踏着被雪覆盖了的路前进,他们费了很大的劲才跌跌撞撞地把帆布扛到脚手架的走道上。他们放下帆布,擦着满脸的汗。

老高急忙跑过去说:"张经理,怎么你自己来扛啊。"

说完老高就招呼了几个工人向仓库奔去。不一会儿，大家就扛来了一卷卷的帆布。

老李爬上脚手架的横杆，挂起绳子扯起帆布。

小钟一头钻进帆布下面，想把帆布顶起来让老李好扯一些。

但是一个人只能顶住一端，张经理连忙钻进去顶住了另一端。

风呼呼地刮着，在又湿又滑的横杆上，老李用冻僵了的双手把帆布用力往上拉。

大家费了九牛二虎之力，才把帆布挂好了，一块一块的帆布挂起来，被风吹得鼓鼓地响。

走道上的风小多了，推着手推车的工人们跑起来也舒坦多了。每个下料口顶上都搭起了小棚子，雪花再也飞不进模板里了，工作进行得顺利了许多。

忽然，红色的信号灯一直亮着不熄。

张经理眉头一皱说："怎么搞的？为什么没有混凝土了？"说完他就向卸料台跑去。

张经理一看，只见一辆辆手推车空空地排在一边，还没等他问话，老张就急忙说："张经理，好久都没来了，不知怎么搞的。"

张经理听了，他拔腿就跑了出去，向搅拌站奔去。

还离得很远，张经理就看见搅拌站不远处的弯道上围着一群人，汽车的发动机像老牛一样在吼叫，人们在喊着号子。

发动机的声音一下又停了,只听人们嚷着:"垫石头!""快挖沟,挖沟!"

张经理暗自叫了一声:"不好,汽车又陷在泥里了!"他跑近一看,汽车的后轮滑到沟里去了,轮子打滑,刨出了一道深深的槽。旁边的人浑身都是泥,满头大汗。

搅拌站的李工长看见张经理来了,他焦急地说:"已经弄了好久了,还是上不来。"

张经理着急地想:"再推不上来,车上和柱子里的混凝土就要凝固了,难搞还不说,柱子要是留下施工缝可就糟了。"

张经理见李工长着急,又安慰他说:"老李,不要紧,再试试看。"然后他又让人到工地上再去叫几个人来,顺便背些草包来。

大家又试着开车,但还是打滑,开不上来,大家纷纷议论着:

"用石块把槽全填上。"

"把槽子挖一个斜坡。"

张经理觉得大家说得对,就安排干起来。

大家搬的搬,挖的挖,等几个工人背了草包来时,斜道也挖好了,垫上了石块,又垫上了草包,司机坐进驾驶室里,大伙一起围着汽车双手用力向前推。

随着"一、二、三"的号子声,汽车吃力地向前动了动,张经理一看有希望,便大声喊起来:"同志们,加把力呀!"

一阵呜呜的轰鸣声伴着有力的号子声，汽车终于从沟槽里爬上来了。

大家松开手，都叫道："好了！"然后拍拍身上的雪花，都回各自的岗位去了。汽车向卸料台疾驰而去。

张经理跑到浇灌平台，上面的红灯一亮一灭地在闪动，手推车在跳板上来回地跑着。他心里平静了一些。

张经理不时地探头往柱子里看看浇灌的高度，用手电照照模板有没有漏浆。他看到，一切都在正常地进行。

这时，东方已经露出了一线曙光，夜在渐渐消逝，风雪也慢慢地减弱了。

水泵站围囹下沉成功

1956 年 11 月 25 日，龟山脚下的江面上，一座庞大的水上楼房，正顺流而下，直往青山驶来。

这是长江大桥工程管理局协助武钢水泵站制成的围囹，架在几十个浮鲸上，前后左右由 4 个大拖轮拖着，旁边紧紧地跟随着 3 只护航的炮艇，彼此连成一片，远远望去，就像一座浮岛一样。

殷万寿总工程师坐在围囹最上层的指挥台上，苏联专家巴耶夫和李书记、何主任就像一支舰队的指挥员一样，指挥着一支强大的舰队，去迎接一场艰苦的战斗。

这个庞大的围囹，由几道钢环组成，一个巨型的空心圆柱，直径几十米，高十几米，是在苏联专家的直接指导下设计制成的。

中共武汉市委、武汉市人委对这个设计工程给予了大力支持，在这次起运过程中，又责成长江航运管理局调来了大批船只，并下令在围囹起运期间，由汉阳至青山的江面上，所有的船舶必须一律停航。

25 日这天，天气格外晴朗，无风无云，江面上出现了从没有过的平静。

11 时 20 分，围囹到达了目的地，所有守候在水泵站的建设者们，就像迎接新媳妇一样，每个人的心里都非常兴奋。

这两天，李书记也显得特别忙碌，整天和殷万寿、巴耶夫一道研究围图下沉的战斗部署。

李书记明白：这次战斗的具体指挥员殷万寿是一个很细心、很干练的党员。

李书记想到：殷万寿对下沉围图已经有了相当丰富的经验，但以前都是利用架上的滑轮系统来下沉，而这次却要第一次运用世界上最新的方法浮鲸下沉，理论上是没有什么问题了，但在实践中，是不是能保证不发生意外呢？

李书记还想到，尤其是参加这次工作的人们，有不少人还是第一次见到这种场面，万一在施工过程中发生什么偏差，这对国家的损失该是多大啊。

李书记把施工指挥方案仔细看了几遍，认真审查每个细节，深入地思考着每个步骤。他想起了党委的指示：

> 物质上的准备，一块木，一个砖头也要在适当的地方摆好；但更重要的，还是每个指战员的思想准备。

想到这里，李书记连忙披上棉衣，匆匆地向现场走去。

江岸上，工人们来来往往，他们扛着绳索，抬着机器。

李书记一边走一边和大家打着招呼。

邵师傅用手遮着额头向天上望了望，然后问李书记："你看明天的天气不会有什么问题吧?"

李书记笑着回答说："刚才与气象台联系过了，他们说天气不会坏，不过偶然的变化也是可能的，我们应该有这方面的准备。"

接着，李书记又问邵师傅："邵师傅，你们吊装班准备得怎样？有信心吗？支援我们的大桥工人将和你们并肩作战啊。"

邵师傅说："没问题，没问题，只是大家有点不放心，只怕到时一紧张手脚就不听使唤了。"

一句话把大家都逗乐了。

第二天一大早，东方的朝霞染红了半边天，把江面也映照得通红。

总公司党委书记、经理，各工程公司的负责人，田经理、李书记、殷万寿和巴耶夫相继走上了指挥台。

吊装工、测量员、记录员、水泵工、气塞工、压缩空气工和技术员一队队的人马也先后进入了战斗岗位。

检查人员依次进行了严格的检查。一切都准备好了。9时整，围图下沉的战斗正式打响，扩音器传来了指挥台的命令：

> 水泵打开总水门，向五、七、九号浮鲸送水！

第一、三、四台绞车,放松50公分!

战斗员执行完命令,马上向指挥台汇报,全场显得很寂静,除了扩音器的声音外,就只有人们的脚步声和钢索的摩擦声。

大家都屏住了气,几百双眼睛一齐紧盯在围图上。

浮鲸缓缓地下沉了,人们绷紧的心弦,刚刚松缓了一下。突然,围图就像被一只无形的巨人用力拉了一下似的,向一边倾斜过来。

大家刚开始都不相信是出了事故,但是围图的倾斜越来越明显了,每个人的心里都意识到:严重的事故就要发生了!

大家把目光都投向了指挥台,如果有什么情况,只要一声令下,大家都会冲过去,用尽全身的力气把围图扶住,无论如何也不能让它倾斜下去,哪怕自己牺牲也要这么做!

时间在一秒一秒地过去,围图在一厘米一厘米地倾斜,指挥台上还没有发出处理事故的命令。

大家的心里都急得像着了火一样。

又过了几秒钟,指挥台还是没有发布命令。

要是在平时,大家一定会叫喊着去抢救,但这次指挥台和领导们都一再强调:无论发生了什么事,都不能乱喊乱叫,更不能东奔西跑,一定要坚守住自己的岗位。

大家都执行着命令,该站在什么地方还是站在什么地方，该拿什么东西还是拿着什么东西，但大家都盯着不断倾斜的围图。

正当情况万分紧急的时候，指挥台下达了命令："第二、四台绞车绞紧20厘米……气塞向十、十五、十八号浮鲸打气……"

指挥台上接着又问："怎么搞的？快！快！赶快进行检查！"

话音刚落，只听"扑通"一声，有人跳进了江里，在十五号浮鲸下面吃力地游动了几下，然后急忙爬上岸来。

大家一看，原来是邓师傅，他浑身湿漉漉地向指挥台报告："十五号浮鲸的水门被一团杂草堵住了，我已经把它搞开了。"

11月的江水如同冰一样冷，邓师傅在水里却好像没有感觉，但等他一上岸，就冷得直打哆嗦了。但是邓师傅根本顾不了这些，他报告完之后，咬着牙披上一件衣服又投入到了紧张的战斗中。

十五号浮鲸的水门被打开以后，围图又恢复了平衡。每个人都长长地出了一口气，脸上露出了些笑意。

围图慢慢地开始入水了，在各个岗位上的人都一动不动地坚守着。

指挥台上又发出了命令："老高头赶快检查每根钢丝绳的负重量！"

一位头发花白的老工人立即从人群里走出来，高高的个子，瘦瘦的身躯使他显得特别有精神。

老高头迈着稳健的步子，仔细地看过每根钢丝绳和绳扣的受力情况，又依次在每根钢丝绳上踩了一踩，然后向指挥台报告每根钢丝绳的负重量。

大家都惊讶于老高头检查的准确性。

换班的时间到了，但是人们都坚守在自己的岗位上不愿换下来，有人说："我们已经摸熟了，再换上一批新手来，肯定不方便。"还有人说："让我们继续搞下去吧，我们坚持得了，一定能出色地完成任务！"

围图在渐渐下沉，工作进行得很顺利。炊事员送来了香喷喷的饭菜，送到每一个人的手里。大家一边吃着一边操作。

围图的托臂快要接近导向船的时候，指挥员又发出了命令："枕木上加木楔，塞紧托臂，快！"

等候在一边的木工们，就像战士在掩蔽部里听到冲锋号一样，他们一跃而起冲到指定的地点，进行着时间的争夺战。

余工长伏在船上，用耳朵紧紧地贴着枕木，他听到了托臂压在枕木上发出的"吱吱"的声音，立即微微地笑了，然后他兴奋地向指挥台报告说："托臂全部贴紧了枕木。"

指挥台随即下达最后一道命令："向所有的浮鲸打水！"

时间已经到了第二天凌晨3时，围图终于平平稳稳地下沉到了江中的设计标高。

这时，李书记站在高高的指挥台上，对全体人员激动地说："同志们，我们胜利了，武钢江心水泵站奠基成功了！"

全场立即爆发出雷鸣般的掌声和欢呼声。

鼓架山采石场紧张施工

1957年夏天，于纯礼刚刚毕业，就被调到武钢鼓架山采石场，这是他走向生活的第一天，车间主任在办公室里热情地接待了他。车间主任高兴地说："你来得正好，我们有许多问题，正需要一个技术干部来解决。"

于纯礼回答说："我还是一个刚毕业的学生，什么实际经验也没有，可能会叫大家失望的。"

车间主任递给于纯礼一杯水说："只要依靠党和工人群众，就没有解决不了的问题。先休息一下，我们到现场去看看。"

从青山走到鼓架山于纯礼已经走了10多公里路，但他还是说："我不累，现在就去吧。"

车间主任赞赏地说："好，咱们现在就去。"

说完，两个人就走出了办公室。

于纯礼听到，不时有"叮当叮"的声音从山野里传过来，他知道这是手工打炮眼的声音。他看到半山腰的峭壁上到处都有人，他们一个个身上缠着绳子，悬在空中锤打炮眼。

车间主任无奈地说："你看，山上那么多人打眼，就是没有石头，一炮崩一点点，用眼皮也能把它们夹走。"

然后他又用手指着一个地方对于纯礼说："这几十辆矿车

都休养几个月了。"

车间主任接着说:"我们的任务是日产800立方米,可是现在一天只能生产190立方米,任务完不成,就会大大影响武钢的建设,同志们都急坏了。"

天色将近黄昏的时候,他们和下班的人群一起走出来了。

车间主任介绍说:"那就是乔工长,他有30多年的工龄了,是个老师傅,开山的经验也很丰富,以后在工作上要多联系。"

随后,车间主任又给于纯礼介绍了一些老工人。

大家对于纯礼的到来都表示热烈的欢迎。

两个月过去了,于纯礼采取了风钻打眼技术,可是生产情况同以前没有两样,一炮崩不了一小堆石头,装不满几辆矿车。

一天中午,于纯礼和几位老工人在一起休息,他们谈起了放炮的问题,大家心里结成了一个疙瘩,完不成任务心里急得不得了。

乔工长说:"怎么样?想个办法吧。"

老王说:"这有什么办法呢?以前我们不都是这样干的吗。"

刘俭如说:"我看可以想出办法来。"

乔工长说:"过去,在土方公司,我们放过峒子炮,一下子崩下不少来,不过那时是放土炮,我们对放石头炮把握不大,于技术员,你学过吗?"

于纯礼说:"我在学校里学过,但没有放大炮的经验。"

于纯礼说到这里,心里想道:"放大炮可不是小事,我的责任太大了。那样一搞就是几千元几万元。而且还容易出事故,出了事故……不放吧,生产又提不高,国家任务完不成,我是个共青团员,不能让武钢建设受到影响;如果放,我那一点书本上的知识够用吗?"

这时,乔工长说:"小于,咱们试试看,走,再去找领导研究研究。"

大家也异口同声地说:"对!去说!"

武汉的8月是酷热的,蒸笼似的办公室里,大家在激烈地争论着于纯礼刚刚提出的爆破方案。

吴安全员说:"放大炮是最危险的了,药多了,石头崩得远,浪费大;药少了又崩不下来,更不安全,我看行不通!"

连忠信安全员说:"我不同意你这个意见,我看,只要有信心,准能成功,如果成功了,石头的问题就好解决了。"

五级工高相臣说:"前怕狼后怕虎的,我们生产就不用干了,我同意放大炮。"

大家也都喊了起来:

"对,放一家伙,石头问题就不愁了。"

"我同意放。"

50多岁的老吴说:"不成,过去我在大连工作,日本人也放过峒子炮,崩得乱七八糟,大石头像楼房,龇牙咧嘴地竖立在半山腰,处理这些石头,真是冒着生命危险。

我看哪，日本人搞不好，咱们并不一定干得好，如果出了事故怎么办？"

大家被这句"出了事故怎么办"给问呆了。

会场里一下子就安静下来，只有几支凉扇有时发出呼呼的声响，烟雾弥漫在整个办公室。

于纯礼在会上低着头，不停地流着冷汗，他也不知道该听谁的好。

这时，杨书记打破了僵局，他说："大家继续谈吧，看到底是不是能搞。"

徐师傅从墙角站起来说："我看有把握把炮放好。"

徐师傅平时不大爱说话，但只要从他嘴里说出来的话都是经过深思熟虑的。

刘本武高声说："放大炮我干过，不像说的那么危险，只要药量准，保证放得好。"

于纯礼这时也有信心地说："根据鼓架山的条件，通过计算方法，是可以放得好的，再加上刘师傅有实际经验，我们更有把握把炮放好。"

办公室里一下子活跃起来："肯定能成。""对！放！"

只有一个人坐在椅子上，右手托着下巴，低着头没有发表意见。

杨书记严肃地说："我同意多数同志的意见，只要大家注意安全，就不怕不安全，只要有决心，干部工人相结合，没有干不成的事。我们要做日本人不能做的事，而且要做得更好，更安全，更漂亮。"

会上大家一致决定，由于纯礼和连忠信具体负责峒室爆破的技术和安全问题，由刘本武、刘俭如担任施工组长。

会后，杨书记把于纯礼留下，他鼓励于纯礼说："要好好地干，细心加大胆，有党支持你们，有工人支持你们，峒室爆破一定能成功，一次失败了，再干一次，再次失败了，还有第三次，总会成功的。有困难直接找党和工人同志们。"

8月15日，按照计划顺利开工了，于纯礼与连忠信各负责一个班。

开始还行，可是过了5天以后，由于打干眼岩粉呛嗓子，鼻子堵得透不出气来，且每掘进一米就放一炮，又没有通风设备，炮烟出不干净，辣得大家泪水一个劲地流。

但大家并没有被这些困难阻挡住，他们把一个班分成几个小组，6个人换着干，每隔一小时就到外面去换换新鲜空气，车间领导几乎每天都来检查一次，及时帮助他们解决困难。

当领导们发现他们劳动过重的时候，就给一个班又增加了两个人，在精神上也给予了很大的鼓舞。

大家操纵着沉重的风钻，那平时听着有些刺耳的"哒哒"声，这时听着心里却觉得香甜、舒服，那声音就像机关枪一样。

大家拼尽全力往里钻，每放一炮心里就增加一丝希望，也增强了大家完成任务的信心。

经过15天的紧张劳动，施工终于暂时告一段落。工人们给于纯礼出主意，帮助他分析爆破的有利条件和不利条件，这样就把药量确定了。

装药和堵塞工作，仅用了一天的时间就干完了。

再过半小时，大炮就要响了。现场，人们在撤铁道，拆房间。

领导也来了，老吴和几个工人仔细地检查了安全工作。

山脚下的小村里，站满了大人和小孩，集体宿舍门前，工人和干部也都在议论着。他们当中，大部分都是关心放大炮的。只不过有的抱着希望，有的怀有疑问。

炮响前的10分钟，预备信号发出了，各个角落也回答了安全信号，附近居民都安全地撤离了危险区。

于纯礼从来没有像现在心情这么紧张，他不停地问自己："这一炮到底能不能放好呢？"他大口大口地吸着烟，恨不得一口把这支烟吞进肚子里。

杨书记用安慰的口吻鼓励于纯礼："要沉着。"

时间在慢慢地临近：3分钟……2分钟……20秒……12点整到了！

"开炮！"

电闸一扳，大家只听"轰"的一声巨响，地动山摇，烟尘四起。

大家飞跑着奔向爆破地点，烟雾中现出横七竖八的均匀的大石头。

齐工长大声叫着："好啊！太好了！"

有人说："这回保证碎石机吃得饱了。"

还有人说:"我早就说过有把握!"

周围已经聚集了上百的人,大家都争先恐后地评价着,脸上充满了愉快而又兴奋的表情。

吴安全员笑着向于纯礼走来,他说:"成功了!解决问题可不小啊,足有5000立方米石头。过去,我不是不同意呀,怕出了事故,不出事故比什么都好。"

大家都向吴安全员表示理解地点头。

在回来的路上,杨书记对于纯礼说:"峒室爆破的成功告诉我们:做工作有一个法宝,这就是依靠工人群众,只要依靠群众,什么困难都能克服,一切工作都能做好。"

"轰!"

像一声巨大的雷鸣,震撼着鼓架山的山谷,浓黄色的烟柱"突"地一下向天空升去,遮盖了高高的山顶,这已是第17次峒室爆破了。

爆破量从第一次的5000立方米提高到现在的四五万立方米,药量由第一次的1吨增至11吨。

15分钟后,爆破现场站满了人。

大家都说:"又是一次成功的大炮!好大的威力,一炮就崩下半个山!"

还有人笑着说:"我看哪,再有几炮,鼓架山就算在我们手里报销喽。"

一片笑声过后,党总书记越过一块大石头,微笑着将右手伸给于纯礼说:"好啊!祝贺你的成功!"

于纯礼说:"不,是大家的成功。"

建设武钢牵引变电工程

1957年11月30日,工区副主任钟耀华和王大宽在市委开过三通工程检查会议,已经是23时了。这时,天上正下着毛毛细雨。

初冬的北风穿过单薄的工作服,凉意沁透了胸腑。雨虽然不大,但工地上的泥浆却很深,湿透了的裤筒贴着膝盖,使人感到特别的寒冷。

两个人默默地走着,谁也没有说话,可是谁都知道彼此心中想的是什么。

刚才市委书记说:

> 三通工程必须年底完成,必须在12月5日通车,这是确保武钢矿石供应的第一个战役,如果不能通车,不但高炉投入生产受到威胁,也是政治上的一个损失……

可是,今天已经是11月的最后一天了,而牵引变电所的水银整流器还没有进行解体和化成。

天老是下着雨,电钻头要求很严格,下雨天是不能操作的。这些工作要在短短5天之内完成,当然会有人怀疑和反对。

昨天一个技术员就说:"三通吗?哼,吹牛!"

钟耀华说:"这话多气人!我们一定要让它通,决不能让党在政治威信上有任何损失。"

王大宽接着说:"走,我们到现场去。"

钟耀华说:"现在已经23时了,现场还有人吗?而且还下着雨。"

王大宽说:"去试试看,可能会有人的。"

雨还在继续下着,北风也越刮越大,他们朝着牵引变电所方向走去,前面黑乎乎地竖立着一些摩电杆。

当他们两人走近时,隐约听到有人在说话。他们赶紧又向前走了几步,周围黑漆漆的,还是看不到人,但说话声却可以听得很清楚。

有人说:"今晚一定要将十七号线架起来,否则,电通不到山上去,电车也就不能开动。"

"可是,现在天下着雨,又已经是深夜了,线还没有架起来。"

"干吧,别谈了,架不起来不回去。"

钟耀华听出最后一句是徐明智的声音。他就喊了一声:"徐明智,雨下这么大,怎么还不回去?"

徐明智回答说:"任务还没有完成,怎么回去啊。"

钟耀华不放心地问道:"真的能完成吗?"

徐明智干脆地回答说:"放心好了,保证不误通车,问题是,变电所能不能按时送电?"

钟耀华嘱咐说:"好吧,可要注意安全啊。"

钟耀华和王大宽加快了脚步，向变电所走去。

变电所二楼玻璃窗里透出了明亮的灯光，工人们都还没回去，小李正坐在门口熬电缆胶，他一看到钟耀华和王大宽，就喊道："电缆胶电压只达到 5000 伏，怎么办？"

钟耀华一听就急了："按规定电缆胶最低要达到 1.5 万伏，这个数字相差太悬殊了。换电缆是不可能的，只有这短短的几天，哪里能解决得了呢？而且天还下着雨，空气特别潮湿。"

小李说："我看今晚再熬一夜，再加点变压器油试一试。"小李的两只眼睛由于熬夜已经变得通红了，他年轻的面孔也掩盖不了因为疲劳而留下的痕迹。

钟耀华说："大概是耐压间隙有气泡，多熬一夜也好，可是你……"

小李笑着说："不要紧，如果不能继续熬，电缆胶又潮湿了。年轻人多干点活没关系。"

这些问题要在短期内解决，确实不是一件容易的事。但是当他看到这些年轻人充满了干劲，他也增强了信心。

这时，变电所二楼上人声高涨起来，原来王大宽已经上去了。

钟耀华上去一看，蒋忠恒小组都没有走，王大宽已经将情况给他们传达了。

蒋忠恒说："王师傅，干吧，咱们现在就开始干！"

王大宽说："1 台水银整流器，6 个圆桶要连续解体，一班人工作，就必须从现在开始，再继续工作12个小时，你们白天已经干了一天，能坚持下来吗？"

十几个年轻人齐声回答说："能！能坚持！"

王大宽接着问："那么都准备好了吗？"

蒋忠恒回答说："一切都准备好了，现在请你检查吧。"

接着大家便行动起来，王大宽开始检查每个人的衣服和工具，像要在大家身上去找寻每一个掉了的纽扣似的。

水银整流器解体是一件技术性很复杂，同时要求也很严格的工作。圆筒里面是真空，每一个圆筒解体时间不能超过3小时，否则，筒内的零件接触大气时间太久，便会延长化成时间。

如果在工作中稍不留神，让手汗或者任何有机性污物沾在阳极或栅极上，便会造成日后运行中的逆弧事故，影响安全送电。

因此，必须严格遵守操作规程。于是大家都穿上了白大衣，戴起了特制的白绢手套，白帽子，就像医生给病人动手术一样。

现场气氛紧张而严肃，每一个人都意识到这次战斗失败的严重性：万一解体失败，那么通车日期起码要拖延一周的时间，决不能这样！

他们都立下誓言：

为了保证质量，我们就要变得比雕刻还要细致，比医生还要清洁！

王大宽就像一个主治大夫一样，他领导着大家开始工作，解体室里灯光明亮，瓷砖砌筑的墙壁，使房子显得更加干净和明朗。

每一个圆筒在进入解体室之前，都必须要经过事先清扫。

第一个圆筒打开了，他们按部就班地工作着：老丁和小张在检查阳极；蒋忠恒和小杨在过滤水银，清洗圆筒和点弧线圈。

第一、第二个圆筒解体完毕，时间已经是 3 时了。虽然白天没有睡觉，但是大家都精神奕奕，丝毫没有一点倦意。

这时，第三个圆筒开始解体了，王大宽在检查工具，阳极正在起吊。

突然，"啪"的一声，人们都集中到小张和小杨所扶着的阳极上面去，原来是起吊时不小心，圆筒卡住了栅极。

现在正是千钧一发的时候，赢得了时间，就意味着胜利。小张和小杨就像犯了罪一样站着。

王大宽走到小张面前，他拍了拍小张的肩膀，温和地说："好了，算了，以后小心点，快去检查一下坏了什么？"

小张没有想到王大宽会这么宽恕自己,他们一起细心地检查了损坏部分,瓷瓶一共压坏了5个,需要立即更换,越快越好。

全体人员立即投入到紧张的抢修工作中,一切动作都在迅速进行着,解体室里显得格外安静,只有装卸螺丝的沙沙声和扳手工具与瓷盘的碰击声。

5个穿着白衣的人围着主阳极,交错地工作着。

小张在旁边敏捷地给王大宽递送着工具,时钟敲响了4下,已经是黎明时分了。

大家可以隐约看到窗外刚铺起来的铁轨,以及远处机车开动时喷出来的白烟。

损坏的最后一个瓷瓶终于换了下来,时间已经是4时30分了。这时虽然已经是初冬,但由于过分紧张,王大宽的额角已经渗出了汗珠,换完所有的瓷瓶之后,他伸了一个懒腰。

小张递给王大宽一条手帕,王大宽用既严肃又温和的目光看了小张一眼。

第四、第五、第六个圆筒已经顺利结束。到最后一个圆筒安上器体之后,已经是第二天9时了。

水银整流器立即开始了化成,真空泵已经开动了,从主配室传来了很有节奏的"嘎嘎"声,人们深深地享受着胜利的喜悦。

夜以继日的苦战,给人们带来了疲劳,小张还来不及回家洗脸,就已经躺在配电室旁边的工具箱上睡着了。

王大宽脱下了自己身上的棉衣，盖在酣睡中的小张身上，然后拿起扳手跑回主配电室去了。

太阳已经升得很高了，钟耀华和蒋忠恒、老丁等走出了变电所，迎面正碰到小李，他正蹲在地上整理电缆头的外壳，没有注意到他们。

大家看到小李一脸的疲惫，断定他一晚上没有睡觉。

钟耀华说："怎么还不回去？快！咱们一块回去吧。"

小李激动地说："噢，你们都来了，太好了！电缆胶已经耐压1.6万伏，今天天气晴朗，这6个电缆头一定可以完成。送电已经不成问题了。"

小李又指着离变电所不远的一群人说："董师傅他们也来了，你们看。"

他们远远望去，十七号的水泥电杆已经巍然耸立，金红色发亮的摩电线上还粘着一些泥巴和草根，这是雨夜战斗留下的标记。

几个工人正在补填电杆坑，他们说："电工师傅们干了一整夜，刚刚才回去。"

钟耀华高兴地说："所有的条件已经成熟了，明天，第一股电流将从牵引变电所向山上输送。我们武钢的第一列电气机车将从这里开出，'呜呜'的电笛声将响遍整个山谷。"

四、建成与投产

- 王任重说:"我们今天不是来检查工作的,是来慰问武钢的建设者们的……"

- 陈再道说:"祖国只要有武钢,什么事情都能办,造飞机,造大炮,造拖拉机,样样都离不了钢……"

- 党支部总结说:"只要大家拿出信心来,多想办法,苦干加巧干,实现规划是不成问题的。"

省委书记来到焦炉工地

1957年5月16日,武钢一号焦炉工地开始了平整化工程。

这天,是个晴朗的日子。一大早,大家成群结队地挑着土箕,拿着锄头,春潮般地涌向现场。个个为一号焦炉的开工而欢欣鼓舞,还没有到上班的时候,大家便开始了紧张的劳动,工地上呈现出一片热火朝天的景象。

正当大家干得起劲的时候,突然传来了嘟嘟的哨音,原来是工地党支部书记要向大伙讲话,他提高嗓门说:"同志们,告诉你们一个好消息,省委负责同志马上要来我们工地了!我们要热烈地欢迎他们。"

书记的话还没有说完,大家便开始议论开了:

"谁来呀?"

"我们用什么来招待他们呀!"

支部书记听了,眨着眼睛微笑着说:"到底谁来,大家马上就会知道的,今天我们要用更大的干劲,创造优异的成绩,作为迎接首长们的礼物。同志们,你们说是不是呀?"

大家齐声洪亮地回答说:"是呀!"

不一会儿,从工地办公室那边来了一群人,在公司党政领导们的陪同下,向焦炉工地慢慢走来了。

大家看到，走在最前面的是一个中等身材、穿着一套黑色中山服的人。

有人一眼就认出这是中共湖北省委第一书记王任重，大家不由得高兴地鼓起掌来："王书记来了！"

走在王任重后面的是武汉部队司令陈再道上将，他身材魁梧，穿着一套军装。

首长们来到工地，和大家亲切握手，公司党委陈副书记向王任重介绍说："这就是武汉市劳动模范、钢筋工组长涂加洪同志。"

王任重一听是涂加洪，他一步走上前，握住涂加洪的手说："小组工作得好吗？"

涂加洪回答说："很好很好，首长，谢谢您的关心。"

王任重接着就和涂加洪谈起家常来："你家里有多少人哪，生活过得怎么样？"

涂加洪一一作答。

过了一会，站在旁边的老彭说："让王书记休息一下，再来检查我们的工作吧。"

王任重说："我们今天不是来检查工作的，是来慰问武钢的建设者们的，说实话，主要是来劳动锻炼的，假如你们有啥问题，想要让我们知道，那就一面劳动，一面谈吧。"

老工人丁金阶非常激动地说："你们工作这么忙，还到这里参加劳动，对我们是一次深刻的教育和极大的鼓舞。"

王任重听了说:"干部参加劳动,是党的指示,是锻炼干部的好办法。"接着他对站在旁边的伍工长说:"今天在这里,你是领导,请领导马上分配我们的工作吧,我要窝了工,你得负责任哪。"

伍工长听到"今天你是领导"时,他脸上立刻飞上了红云。

王任重见伍工长还有些犹豫,就鼓励他说:"小伙子,敢想敢干吧。"

平时不爱讲话的木工组长杜进平对谢定孝说:"新社会真不同啊,省委书记和我们大老粗们一块挑土。在旧社会,那些当官的别说劳动,连看都懒得看你一眼。"

王任重和陈再道两人被分配到了钢筋工涂加洪小组。

一到小组,他们就争着向组员们要锄头、扁担,可是组员们都不愿给他们。

王任重一看没办法,只好跟大家讲道理:"和大伙一起劳动,帮助我们联系群众和克服官僚主义作风,这有什么不好呢?"说到这里,他把眼光转移到涂加洪身上说:"怎么样?组长下个命令吧。"

这一来,大家都有点不好意思,只有把最好使的工具交给他们。

王任重拿起扁担,他马上就挑了起来。

涂加洪悄悄对杨宏娃说:"王书记挑土要少上一点。"

王任重看到别人挑的都是满满的,而自己却是小半担,有点不满意地对杨宏娃说:"你这样上我能达到定额吗?"

杨宏娃笑着说:"首长挑土的定额,我们工人有个规定:挑一担就算超额一担。"

这句话把王任重逗笑了,他摇了摇头:"我看你们这个规定,既不合理,也不合法呀。"

杨宏娃没有办法,只好给他多上土,王任重挑起来,腰杆挺得笔直,随着急促的脚步,扁担也有节奏地上下颤动,人们称赞说:"四十开外的人,还能这样挑担子,真不错啊!"

不一会儿,王任重笑嘻嘻地回来了,额上露出亮晶晶的汗珠。

木工陈其林关心地问:"王书记累了吧。"

王任重边用手擦脸上的汗边回答:"不累,过去在战争时期,我们是经常参加劳动的,只是进城之后,把劳动忘记了,这要不得。"

过了一会,杨宏娃又像原先那样上土了,这次王任重真生气了,他拍了拍杨宏娃的肩膀说:"你上土不平等对待,同志,你为什么不把我的土箕上满呢?我要一个积极分子上土,你上的我不再挑了。"

陈再道也挖呀,挑呀,累得满头是汗。

在休息的时候,大家都围着陈再道问这问那,问得陈再道不知道先回答谁的好。后来,还是伍工长给他解了围:"同志们,请陈司令员坐下来,讲个故事给我们听听吧。"

这样,大家才停住了嘴,他们都笑着坐下来,把陈再道围在了中间。

只听陈再道说:"过去,我们打游击时,白天打埋伏,晚上行军,在铁路上不能直着走,只能横着走。有一次……"

和首长们共同劳动的时间过得真快,当他们告别时,大家都感到有些依依不舍。

王任重激动地对大家说:"感谢同志们对我的照顾,我能为焦炉出一点力,感到万分高兴!"

陈再道也对大家说:"全国人民正在盼望我们早日建成武钢。祖国只要有武钢,什么事情都能办,造飞机,造大炮,造拖拉机,样样都离不了钢,帝国主义欺负我们,就是因为我们钢太少。我们只要跟着共产党走,再过几年,就一定能打败帝国主义。"

大家都热烈地鼓起掌来:"感谢首长们的关怀和指示!"

武钢一号高炉砌砖竣工

1958年4月,武钢焦化厂一号炉炉体的安装工程全部完成之后,筑炉工人们就钻进了高炉炉体开始了最后一道大工序的施工。

4月7日,薛景奎小组接受了高炉砌砖第一战的任务,去炉底抹灰。为了保证砌砖工程8日正式开始,领导上要求他们在8日8时前全部抹完。

接受这个任务以后,全组的人都抑制不住内心的喜悦,立即开会讨论,进行了战斗部署和组织分工。大家都表示:为了确保"十一"出铁,坚决要把这第一炮打响,保证提前完成任务。

战斗打响了。全组17个人都像小老虎一样投入了战斗。

供料的、和灰的、运灰的、抹灰的4个小组展开了激烈的竞赛,整个工地沉浸在热火朝天的劳动之中。

和灰组的江柏松悄悄地对老陈说:"咦,你看他们一个人扛两袋呢。"

原来,他是说供料组的胡杏生等4个人一次扛两袋水泥。

老陈说:"可不是吗,平常一个人只扛一袋,今天一个人扛两袋还跑得那么快,准是想给我们来个措手不及,想把我们甩在后面。"

江柏松说："对，准是想胀死咱们。"

另一个人说："哼，没有那样的好事，来吧，你们供应多少我们和多少，保管叫你们落不下。"

于是，和灰组的4个人干得更猛了。

郭润祥小组是负责往炉内送灰的。看到和灰组的加了劲，也以为是在和他们较劲，4个人不约而同地加快了脚步，就像梭子一样来回奔忙着。

在炉里抹灰的李海弟、刘金山见他们运得这么快，知道他们加了油，于是就像引着了火的鞭炮一样，也抹得热火朝天。

14时，胡杏生小组的人高兴地叫了起来："完成任务了！完成任务了！"

薛学春小组长说："哦，怎么这样快？"说完他就向放灰的地方跑去，一看灰真的运完了。

大家议论开了："呀，这是怎么回事呢？炉底才抹一半灰就用完了。""恐怕是计划差了吧？"

正当大家在议论时，薛学春站起来大声说："同志们，是什么原因我们暂时不去管，运灰要紧，这里没有了，咱们到仓库去运。"

大家都说："对，多运一点保证明天砌砖。"

说着，大家就一齐向仓库奔去。

虽然这时天上已经哗哗地下起雨来，但大家谁都没有去理会。

灰运足了，下班的时间也到了，领导上决定派另一个小组来替换他们，可是他们说什么也不同意，他们说："说什么也得抹完，不抹完今天咱们就不离开。"

"对，不抹完就太不光彩了，就是睡在床上也不舒服。"

说来说去，领导只好答应了他们的要求，要他们吃了饭再继续干。

当大家都去吃饭的时候，薛学春一个人悄悄地留了下来。他看看这儿，瞧瞧那里，做些准备工作。

饭后，他们干得更加起劲了。虽然雨继续下着，风吹来凉飕飕的，但他们都干得大汗淋漓。

后来，他们只好脱下毛线衣，陈顺锁光着膀子，雨水汗水一起从他的背上流了下来。

经过16个小时的连续战斗，夜晚11时，他们终于胜利地完成了任务。

4月8日清晨，朝阳放射出万道金光，照得高炉热风炉本体更加雄壮，照得筑炉工人们的脸上放红光，炉底砌砖就要开始了。

负责砌砖的蒋洪忠老师傅紧皱着眉苦苦思索着："如何砌好第一块砖呢？能不能砌好第一块呢？"

蒋洪忠知道：

> 武钢一号高炉是一座现代化的大高炉，炉底、炉缸都是采用大型碳砖，每块砖最大的将

近半吨,最小的也有300多斤。块与块之间的缝隙不能超过两个半毫米,就像一根头发那样细,浆要饱满而均匀。

尤其是炉底,层层都是用大型碳素砖和高铅砖交错砌筑的,这就更加复杂了,任务也就更艰巨。

这样的工作全组的人都没有干过,大家把希望都寄托在蒋洪忠身上了。

蒋洪忠虽然过去在鞍山是砌砖的能手,但是像一号高炉这样复杂、质量又要求这么高的活,他也是第一次干。

蒋洪忠虽然知道,有大家的共同努力,最终能够干好这项工作,但是第一块砖应该怎么砌上去,会不会出问题,他心里却没有底。

离战斗打响只有短短的几分钟时间了。薛景奎按照预先安排的计划布置了队伍。

青年赵长荣站在出渣口的平台上,口里含着银色的哨子,准备发布吊运第一块炭砖的信号。

蒋洪忠忙着在炉内打扫,把炉底打扫得一干二净。

巨大的炉体里灯火辉煌,人声嘈杂。蒋洪忠心里对自己说:"一定要把第一块砖砌好!"

薛景奎高兴地向大家宣布:"开始了!"

"嘟"的一声哨响,操作员将电钮一按,电葫芦带着巨大的炭砖夹子慢慢地向炭砖移动。

赵长荣敏捷地扶住了夹子,将炭砖夹好,然后又"嘟"地吹了一声哨,炭砖就轻轻地吊起来了。

炉内除了电葫芦的走动声音外,一片寂静,连大家轻声咳嗽的声音也没有。

第一块炭砖从渣口运进来了,人们屏住气,眼睛随着炭砖移动,炭砖在空中晃来晃去,就像荡秋千一样。

大家都惊叫着:

可千万别碰到炉皮呀!

都是设计定了的,坏一点那就麻烦了啊!

每个人的心都绷得紧紧的,手里也捏出了冷汗。

大家又喊着:"慢点!对准!稳住!好,下!"

随着支部书记、队长的指挥,操作人员沉着地操纵着电葫芦,渐渐地晃动停止了。

第一块砖终于吊下来了。

大家顿时感到一阵轻松愉快,一看表,足足花了19分钟。

蒋洪忠一手扶着炭砖,一手挥动着指挥:"快拿碳素膏来!"

小刘迅速将碳素膏铺好,第一块炭砖砌好了。

这时,蒋洪忠脸上露出了笑容,大家也跟着笑了。

紧接着,第二块、第三块……所有的碳砖都顺利地砌着,每块的时间都在缩短,很快就砌到最后一块了。

人们的心情顿时又沉重起来：能不能砌合适是个问题。

蒋洪忠拿出皮尺一量，他大叫道："天哪，足足差了20厘米。"

一时大家都急得没有了主意，蒋洪忠的头上也冒出了豆大的汗珠。

突然，蒋洪忠把手向下一切，沉着地说："拿千斤顶来！"

千斤顶安上了。大家顶啊！顶啊！每个人都咬着牙帮千斤顶出力。只见炭砖向两边微微地移动着。

这时，蒋洪忠大喊一声："好！差不多了！"

大家也停住了。

电葫芦迅速地移过来，将一块炭砖轻轻放下，不大不小，刚好合适。

大家都高兴地笑了。

第一层砖砌好了，但花的时间太长了。光砌炭砖就用了32个小时，连砌高铅砖一起，炉底第一层砖整整花了4天零17个小时。

有人说："这怎么能行？照这样干，全部砌完不就需要五六十天吗？再加上炉缸炉腹，那我们的规划不就破产了吗？"

大家都回答："不行，绝对不能，一定要实现规划。"

在砌第二层的时候，每个人都鼓足了干劲，速度果然比第一层快很多。

但忙中出错,砌出了许多错处,必须返工。结果第二层比第一层更慢,花了5天多时间,有些人沉不住气了,情绪很低落,还有人小声议论着:"计划恐怕真的要落空啊!"

党支部发现这个问题之后,立即召集大家进行研究。找出了第一层慢的原因,主要是没有经验;第二层经验有了,但过于急躁,因而造成了返工。

最后党支部总结说:

> 同志们,熟能生巧,这是我们中国的一句老话,我们在干这个活慢一点是不奇怪的。首先我们应该肯定上两层的成绩是主要的,它给我们提供了不少宝贵的经验和教训,训练了我们的技术。只要大家拿出信心来,多想办法,苦干加巧干,实现规划是不成问题的。

会议开过之后,大家的信心果然足了,提出了不少合理化的建议。

第三层、第四层一共用了7天零8个小时就完成了。

但是韩文金小组的徐玉池师傅还是没有一点笑容,他觉得这个速度还是不行,还得想办法加快。

一天早晨,徐玉池紧皱的眉头突然展开了,笑容又浮现在他脸上,他连走带跑地去找工长、组长,一见了面就说:"工长你看,我们按顺序砌不是更快吗?来回倒腾进度慢，而且砖还容易碰破！"他一边说一边用小砖头比画着。

大伙一听就乐了，都说："徐师傅这个办法真有道理，试试吧。"

试验开始了，大家都投入了紧张的战斗。徐玉池全神贯注地砌着砖，一块、两块、三块……电葫芦迅速地移动着，砖一块接一块地吊下来，顺利地砌在炉底上，谁也算不出比以前快了多少倍。

就这样，"顺序砌炭砖法"迅速推广开来，新方法砌一层只用了32小时，以后提高到8小时、4小时，最后创造了2小时50分钟砌一层的最高纪录。

克服了一个又一个困难，重重的困难都在筑炉职工面前屈服了，砌砖高速度地进行着。

经过62天紧张的战斗，终于提前8天完成了整个高炉的砌砖任务，实现了大家70天完成任务的誓言。

大家看着这雄伟的巨人矗立在自己面前，想到明日的铁水中也有自己的汗水，一个个心中都乐开了花。

但是大家心里还有一件事放不下："到底质量怎么样呢？光自己觉得好不能算啊，还没有最后验收哩。"

一天，正当大家休息的时候，远处突然传来了锣鼓声，而且越来越近了。

有人说："咦，送喜报的来了！"

"呀，是送给咱们的吧，你看朝咱们四队队部去了。"

大家正在猜测，那边有人高声喊了起来："同志们，快来呀,炼铁厂的同志们给咱们送喜报来了!"

还没听完,大家就把乒乓球、扑克、棋子一丢,一窝蜂地向队部跑去,很快就把送喜报的人围在中间了。

掌声过后,炼铁厂的人开始念喜报了:

> 同志们,经过你们积极努力,你们不仅提前完成了任务,而且全部质量达到优等……

掌声四起,人群都沸腾了。

> ……第一,冷却壁,铁屑填料严密,紧实,无脱管现象。
> 第二,碳素填料结实……

赵长荣拉了一下蒋洪忠的衣襟,向他竖起大拇指说:"蒋师傅,听见了没有?"

蒋洪忠故意装着正经地说:"别吵了,往下听。"

> ……炭砖灰缝基本都在1.5厘米以下,大大地超过了设计标准……

赵长荣又忍不住叫道:"呃——蒋师傅,你的千斤顶用得妙啊!"

蒋洪忠这次干脆板起面孔不理赵长荣,赵长荣只得张着嘴巴听下去。

第四，炉底高铅砖灰缝都在0.5厘米以下，也超过了设计标准……

赵长荣高兴得忍不住喷出两声笑来："嘿！嘿！"惹得大家都朝他这边看，赵长荣的脸唰地一下红了，他赶快溜到另一边去了。

武钢焦化厂一号炉出铁

1958年9月11日傍晚,吴润梅刚吃过晚饭从食堂里走出来,刘书记碰到了她,就对她说:"小吴,明天你在家等着,等江师傅来了之后,我跟你们谈一件事。"

吴润梅急着问:"刘书记,是什么事,现在说不行吗?"

刘书记眨了眨眼睛,笑着说:"别慌,明天你就会知道的。"他说完便走了。

吴润梅心里想着:"到底是什么事呢?"她猜了半天也没猜着。

第二天,江师傅一下火车,就找吴润梅一起到刘书记那儿去了。

刘书记小声对他们说:"告诉你们一个好消息,明天高炉出第一炉铁水,毛主席和中央首长要来看出铁,公司党委决定叫你们去陪中央首长。"

吴润梅一听,心里高兴得不得了,她想:"这下子真要见到毛主席了。"

这一天好像特别长似的,吴润梅恨不得一下子把太阳推下去。

晚上睡觉的时候,吴润梅总是合不上眼睛,她想:"明天就要见毛主席了,像我这样一个出身于穷苦人家的女孩子，能够见国家最高领袖，过去是连想都不敢想的。要不是党的培养，我哪能有今天呢？我当上了高炉电焊工，党给了我最大的荣誉，我一定要把这些都告诉毛主席。"

天亮了，吴润梅起得很早。她一整天都笑得嘴巴合不拢。

大伙看吴润梅高兴成这个样子，就对她说："你今天怎么这样高兴，有什么喜事吗？"

吴润梅只好说："今天有最大的喜事，等一会儿再告诉你们。"

13时，吴润梅一行16人乘汽车到了高炉出铁场，这时炉台四周已经站着成千上万的人了，大家都焦急而激动地等待着毛泽东的到来。

这时，有几辆小轿车缓缓地穿过人群，驶进了出铁场。

顿时，整个高炉工地沸腾起来了。大家都欢呼着：

毛主席万岁！

毛主席万岁！

毛泽东和中央首长下了车，微笑着一边向群众招手，一边迈着稳健的步子，慢慢地登上了炉台。

吴润梅他们16个人排成一行，毛泽东向他们走了过来。

吴润梅第一个和毛泽东握手,这时她仔细地看着毛泽东,只见他穿着白衬衫,一条灰色的裤子,脚上穿着一双黑布鞋。脸上带着微笑,红光满面的。

吴润梅想:"他老人家这么健康,真是 6 亿人民最大的幸福。"

毛泽东和每一个人都握了手之后,就问吴润梅:"你多大年纪了?"

吴润梅激动地回答说:"我今年 21 岁。"

毛泽东接着问:"工作有什么困难吗?"

吴润梅干脆地回答:"在党和您老人家的领导下,没有克服不了的困难,只要勤学苦练,开动脑筋,困难也变得容易了。"

毛泽东听了微笑着点了点头。

这时,苏联专家组组长来了,毛泽东就和他亲切地交谈着。

大家都表示:

> 武钢一号高炉是咱们亲手建成的最新最大的高炉,今天它第一次出铁,毛主席又要来看第一次出铁,无论如何,咱们一定要让毛主席欢欢喜喜看到铁水从炉里流出来。

15 时 40 分,第一炉铁水终于流出来了,金色的铁水灿烂夺目,毛泽东站了起来,大家也都随着欢呼起来。

在毛泽东站起来走上炉台，第一股铁水流入铁水罐的同时，广场上的群众，四周厂房窗口里的群众，炉前炉后的群众都在高声欢呼。

这时候，炉前是铁水奔流，铁花飞溅，一片通红；炉外是阳光照耀，万众欢腾，心花怒放。

1958年9月13日，是武钢值得纪念的日子！

因为是头一次出铁，出铁的时间短，铁口一直在喷。

吕书记叫高炉车间主任李凤恩一起去见毛泽东，李凤恩因为铁口一直在喷，他不愿离开岗位，他想：把工作做好，就等于见到毛主席了。

铁出完了，毛泽东从站着看出铁的工人休息室的屋顶平台上慢慢地走了下来，当他快走近第一道铁沟时，挥手招呼炉外欢呼的群众。

第一炉铁水流完后，毛泽东就要走了。大家都觉得时间太短了。

本书主要参考资料

《国史全鉴》 本书编委会编 团结出版社

《共和国五十年珍贵档案》 中央档案馆编 中国档案出版社

《共和国要事珍闻》 郑毅 李冬梅 李梦主编 吉林文史出版社

《中国现代史资料选辑》 彭明主编 中国人民大学出版社

《共和国开国岁月》 张国星 何明著 中共党史出版社

《风云七十年》 郭德宏主编 解放军文艺出版社

《武钢建设史话》 武钢厂史编委会编 湖北人民出版社

《巍巍钢城》 中共武钢委员会宣传部编 武汉出版社

《武钢炼铁五十年：1958-2008》 熊亚非 黄益辉主编 湖北人民出版社

《钢城春秋：1958-2008》 武汉钢铁（集团）公司编 长江出版社

《火凤凰：前进中的武钢烧结》 孙文东 王少华主编 湖北人民出版社

《武钢炼铁四十年：1958-1998》 张寿荣主编 华中理工大学出版社